BASTEI LÜBBE

SUSANNE SCHEIBLER

PRETTY WOMAN

BASTEI
LÜBBE

BASTEI-LÜBBE-TASCHENBUCH
Band 11 757

1. + 2. Auflage Sept. 1991
3. Auflage Okt. 1991
4. Auflage Dez. 1991
5. Auflage Febr. 1992
6. Auflage März 1992

Erstveröffentlichung
This work is inspired by the movie ›Pretty Woman‹

Herausgeber: Gustav Lübbe Verlag GmbH, Bergisch Gladbach
Printed in Germany
Einbandgestaltung: Gisela Kullowatz
Titelfoto: Touchstone Pictures
Satz: Fotosatz Schell, Bad Iburg
Druck und Bindung: Ebner Ulm
ISBN 3-404-11757-3

Der Preis dieses Bandes versteht sich einschließlich
der gesetzlichen Mehrwertsteuer

1

Es war eine der üblichen Gartenpartys, die Philip Stuckey in seiner Villa in den Hügeln von Hollywood gab. Elegant gekleidete Gäste saßen und standen in Grüppchen auf der Terrasse oder den weitläufigen Rasenflächen zusammen, belagerten das Kalte Büfett, aßen, tranken und unterhielten sich.

Die meisten der Gäste waren jung oder bemühten sich zumindest, so zu wirken. Die Herren in hellen Hemden und Anzügen, von denen sich die von der kalifornischen Sonne gebräunte Haut wirkungsvoll abhob, mit blitzenden Zähnen, sportlich gestählten Körpern, die in Fitneßstudios und auf dem Tenniscourt, bei täglichem Schwimmtraining und Bodybuilding eisern in Form gehalten wurden, die Damen mit makellos gepflegtem Teint, perfektem Make-up und ebenso perfekt gestylten Frisuren. Dazu trugen sie sommerlich duftige Kreationen von Armani, Ungaro, Dior und Givenchy, dazu erlesenen Schmuck aus den Juweliergeschäften auf dem Rodeo Drive, der elegantesten und wohl auch teuersten Einkaufsmeile der gesamten Westküste.

Im Patio des im spanischen Stil errichteten Hauses umringte eine kleine Gruppe einen von Philip Stukkey engagierten Zauberkünstler. Zwei Frauen hielten ihm ihre ausgestreckten Handflächen hin, über denen er ein paar blitzschnelle kreisende Bewegungen ausführte.

»Ladies, egal, was ich euch sage, es geht immer nur um Geld«, erklärte er. »Stellen Sie sich vor, Sie sind Kreditsachbearbeiterin in einer Bank. Sie haben alles – und ich habe nichts.«

Während er sprach, hatte er drei überdimensionale große Goldmünzen in die Hand von Susan Bryson, einer jungen blonden Reporterin, gelegt. »Eins, zwei, drei ...«, zählte er. Dann schloß er Susans Finger um die Münzen und zauberte eine vierte aus der Hand der auf der anderen Seite neben ihm stehenden Frau in einem roten Kleid.

Er hielt die Münze hoch, damit alle sie sehen konnten, schloß die Hand, öffnete sie wieder – und die Münze war verschwunden.

»Sie haben alles, und ich habe nichts«, wiederholte er und bog lächelnd Susans Finger auseinander. Und tatsächlich lagen jetzt vier Goldmünzen in ihrer Hand.

Die Umstehenden lachten überrascht, und der Zauberer sagte: »Aber echtes Gold vertraue ich Ihnen nicht an. Deswegen ist jede Münze nur einen Penny wert.«

Damit nahm er Susan die vierte Goldmünze wieder ab, wechselte damit in seine andere Hand über und ›verwandelte‹ die Münze in einen überdimensional großen Kupferpenny, den er der Frau im roten Kleid in die Hand drückte.

»Und jetzt fragen Sie sich bestimmt, wohin die andere, die goldene Münze verschwunden ist«, meinte er lächelnd. »Passen Sie auf.« Er streckte den Arm aus und zauberte die Goldmünze hinter Susans Ohr hervor.

Wieder lachten alle und applaudierten ihm, während Philip Stuckey, der Gastgeber der Party, ein zur Fülle neigender untersetzter Mann in den Dreißigern mit Stirnglatze, hinter der Gruppe auftauchte. Er hatte den letzten Zaubertrick mitbekommen.

»Ah, ein Penny aus dem Ohr!« rief er lachend. »Und was kostet der Rest?«

Susan, eine hübsche Blondine, wollte etwas erwidern, doch Stuckey hatte sich schon an einen jungen Mann gewandt, der neben ihr stand. »Haben Sie Edward gesehen, Mark?« erkundigte er sich.

Der Angesprochene schüttelte den Kopf. »Nein, leider nicht. Tolle Party, Philip.«

Stuckey lächelte halb geschmeichelt, halb ironisch. »Ja, meine Frau hat sich damit eine Menge Mühe gemacht. Sie hat einfach eine Caterfirma angerufen. Entschuldigung.« Er wandte sich zur Bar, wo er einen anderen Bekannten entdeckt hatte, mit dem er ein paar Worte wechseln wollte. »Hallo, Howard, wie geht's dir?«

Der Herr im grauen Zweireiher, der sich gerade mit einer jungen Frau unterhielt, entschuldigte sich bei ihr und kam ein paar Schritte auf Stuckey zu. »Danke, gut, Philip. Übrigens, ich hab gehört, daß Edward an Morse Industries interessiert ist.«

Philip nickte. »Ja, er ist bestimmt nicht zum Sonnenbaden hergekommen.«

»Kann ich da einsteigen?«

»Klar, ruf mich an. Ruf mich einfach mal an!« Stukkey winkte ihm verabschiedend zu und steuerte mit seinem strahlendsten Lächeln auf einen dunkelhäutigen Herrn zu.

»Hallo, ich bin Philip Stuckey, Edward Lewis' Anwalt.«

»Hallo ...« Der Ältere schüttelte ihm die Hand. »Wo treibt sich eigentlich der Ehrengast dieser Party herum?« Damit meinte er Edward Lewis, Chef von Lewis Enterprises, der aus New York gekommen war, um die marode Firma Morse Industries aufzukaufen.

Edward und Philip Stuckey waren nicht nur seit Jahren miteinander befreundet; Stuckey arbeitete genauso lange als Anwalt für Edwards Firma und hatte an dessen geschäftlichem Spürsinn und seinen Transaktionen Unsummen verdient.

Stuckey blickte sich suchend um, konnte den Freund aber weder im Patio noch auf der Terrasse oder im Livingroom entdecken.

Er verzog den Mund zu einem Grinsen. »Oh, ich kenne ihn. Er hat sich todsicher in eine stille Ecke zurückgezogen und flirtet mit einer bildschönen Frau.«

Er nickte dem Farbigen noch einmal zu und gab einer in seiner Nähe stehenden attraktiven jungen Frau einen Kuß auf die Wange. »Wie geht's dir?« erkundigte er sich und machte dann, ohne eine Antwort abzuwarten, weiter die Runde durch seine Gäste, grüßte hierhin und dorthin und blieb ab und zu bei jemandem stehen, um den üblichen Small talk abzuhalten.

Edward Lewis allerdings vertrieb sich nicht die Zeit mit einem Flirt, wie sein Freund Phil angenommen hatte, sondern telefonierte von dessen Arbeitszimmer aus mit New York. Er lehnte an dem überdimensionalen Ebenholzschreibtisch, und sein gutgeschnittenes, männlich attraktives Gesicht war ärgerlich verzogen.

»Meine Sekretärin sollte doch alles arrangieren. Hat sie dich nicht angerufen?« fragte er ungeduldig.

Es war Vance, einer von Edwards Mitarbeitern in der Los-Angeles-Niederlassung von Lewis Enterprises. Als er seinen Boß erblickte, lächelte er erleichtert. »Philip meinte, ich sollte mich mal nach Ihnen umsehen ...«

»Philip ist mein Rechtsanwalt, nicht wahr?« fiel Edward ihm gereizt ins Wort.

Vance nickte betreten. »Ja, Sir.«

Edward blieb auf der Treppe stehen. »Wie hoch sind heute die Morse-Aktien in Tokio notiert worden?« erkundigte er sich.

»Ich ... ich weiß nicht.«

Edward warf einen Blick auf seine Armbanduhr und runzelte die Stirn. »Das wissen Sie nicht? Die Börse von Tokio hat vor neunzig Minuten aufgemacht. Sie haben über diese Dinge top informiert zu sein, ist das klar?«

Fast hätte Vance salutiert. »Wird gemacht, Sir.«

Edward nickte etwas freundlicher und lächelte dann zwei weiblichen Partygästen zu, die hinter ihm auftauchten. »Hallo, Mister Lewis«, sagte die eine und himmelte ihn an. Edward schüttelte ihr und ihrer Begleiterin die Hand, als wären sie seine liebsten Gäste.

»Hallo, wie geht's denn so?«

Dann wandte er sich wieder an Vance: »Ich möchte die Morse-Sache so schnell wie möglich unter Dach und Fach bringen. Am Sonntag fliege ich nach New York zurück. Ich habe Karten für die Met.«

»Ja, Sir.« Der junge Mann folgte ihm in den Livingroom und war sichtlich erleichtert, daß Edward Lewis ihm verabschiedend zunickte, während er den Raum durchquerte und die Eingangshalle betrat.

Er hatte wirklich keine Lust mehr, auf dieser Party zu bleiben, sondern wollte in sein Hotel zurück.

»Ihr Mantel, Sir.« Von irgendwoher aus dem Hintergrund war Philip Stuckeys Butler aufgetaucht.

»Danke.« Edward nahm ihm den hellgrauen Trench ab und wollte die Villa verlassen, als jemand seinen Namen rief. Es war Susan Bryson, die rasch aus dem Livingroom auf ihn zukam.

Edwards Miene erhellte sich. »Hallo, Susan«, sagte er erfreut und küßte sie auf beide Wangen.

Sie blickte zu ihm auf. »Es tut mir so leid, was mit Carter passiert ist ...«

»O ja, mir auch«, erwiderte er unbehaglich. Carter war sein Vater, der vor wenigen Wochen gestorben war. Um von diesem Thema abzulenken, erkundigte Edward sich rasch: »Ich habe gehört, du hast geheiratet.«

Sie lachte und hielt ihm stolz die linke Hand hin, an der ihr Ehering funkelte. »Ja, habe ich. Ich konnte schließlich nicht auf dich warten.«

»Hm ...« Er räusperte sich. Und dann kam er damit heraus, was ihn seit dem Telefonat mit Jessica beschäftigte. »Susan, sag mir eines ...«

»Ja?« erkundigte sie sich neugierig, als er zögerte.

»Als wir noch zusammen waren und ich mich mit dir verabreden wollte, hast du da öfter mit meiner Sekretärin als mit mir gesprochen?«

Susan lächelte bedeutungsvoll. »Sie war eine meiner Brautjungfern.«

»Uii ...«, murmelte Edward. Er hatte verstanden. Zu Brautjungfern machte man nur seine engsten Freundinnen. Also war seine Sekretärin, als er noch mit Susan liiert gewesen war, ihre Freundin geworden –

und vermutlich tatsächlich durch den Umstand, daß sie so oft in seinem Auftrag miteinander telefoniert hatten.

Mit einem Anflug von schlechtem Gewissen beugte er sich zu Susan und küßte sie auf die Wange. »Jedenfalls hat dein Mann mit dir sehr viel Glück gehabt«, sagte er. »Mach's gut.«

»Danke«, erwiderte sie herzlich. »Du auch, Edward.«

Edwards Aufbruch war von Philips Ehefrau Elizabeth nicht unbemerkt geblieben. Ziemlich aufgeregt machte sie sich auf die Suche nach ihrem Mann.

Da sie ihn unter den Partygästen nicht entdecken konnte, vermutete sie ihn zu Recht in irgendeinem ruhigen Zimmer, wohin er sich zurückgezogen hatte – und todsicher mit einer attraktiven Frau.

So war es auch. Trotzdem war Elizabeth weit davon entfernt, eine spitze Bemerkung zu machen, als sie Phil mit einer rassigen Rothaarigen entdeckte, der er gerade hingebungsvoll das schwarz bestrumpfte Knie tätschelte.

Die Stuckeys hatten sich arrangiert. Phil verdiente glänzend, er bot Elizabeth den Lebensstil, der ihr gefiel, und dafür drückte sie beide Augen zu, wenn er seine kleinen Vergnügungen außerhalb des ehelichen Schlafzimmers suchte.

Geschiedene Frauen, das wußte sie, wurden in Hollywood mehr oder weniger ins Abseits gedrängt. Sie waren zu Außenseitern geworden, die man nicht mehr einlud, jedenfalls nicht auf die wirklich wichtigen Parties, und sie spielten gesellschaftlich überhaupt keine Rolle mehr.

Darum zog Elizabeth es vor, Phil seine Affären zu lassen, solange er ihr seine Kreditkarten ließ und sie Mrs. Philip Stuckey blieb, deren Terminkalender randvoll mit Einladungen war und zu deren eigenen Gesellschaften alles kam, was in Hollywood oder Beverly Hills Einfluß hatte.

Freilich, daß nun ausgerechnet der Ehrengast der heutigen Party so frühzeitig ging, empfand Elizabeth als persönliche Niederlage, und deshalb platzte sie mit einer gehörigen Aufregung in das Tête-á-tête ihres Mannes mit der Rothaarigen, von der sie sich schwach erinnerte, daß sie Allison hieß. Den Nachnamen hatte sie vergessen.

»Er geht!« rief Elizabeth. »Edward geht!«

Phil, der Allison gerade versichert hatte, wie gern er sie näher kennenlernen würde, blickte irritiert auf. »Entschuldigung«, bat er Allison und hatte es auf einmal sehr eilig, den Raum zu verlassen, auch wenn es ihm nicht ganz behagte, daß seine Frau mit Allison allein zurückblieb.

Im Hinausgehen sah er noch, wie Elizabeth die Hände in die Hüften legte und Allison mit hochgezogenen Augenbrauen musterte. O Mann, dachte er, Elizabeth wird doch keine Szene machen? Aber er hatte keine Zeit, sich jetzt darum zu kümmern. Außerdem waren Szenen eigentlich nicht ihre Art.

Edward Lewis hatte inzwischen vergeblich versucht, zu seinem Wagen zu gelangen. Die silberfarbene überlange Limousine, die ihm mit Chauffeur immer für die Dauer seines Aufenthaltes von seinem Hotel zur Verfügung gestellt wurde, war hoffnungslos zwischen anderen parkenden Fahrzeugen in der Auffahrt zum Stuckeyschen Grundstück eingekeilt. Lediglich ein ebenfalls silberner Lotus Esprit stand fahrbereit da.

Edward entdeckte zwei japanische Hausdiener bei den Schlüsselkästen für die Autos und deutete auf den Lotus.

»Ist das Mister Stuckeys Wagen?«

Die beiden nickten, und einer von ihnen erwiderte: »Ja, Sir. Er gehört Mister Stuckey.«

Edward ging auf den Lotus zu und hörte im gleichen Moment Philip nach ihm rufen. Der Anwalt kam eilig die Auffahrt herunter.

»Wo willst du hin?« erkundigte er sich.

Edward gab keine Antwort darauf, sondern erwiderte nur: »Gibst du mir bitte deine Wagenschlüssel?«

Phil blieb bei ihm stehen. »Warum? Ist irgendwas mit deiner Limousine nicht in Ordnung?«

»Nein, aber sie ist total blockiert. Darryl kommt nicht raus.« Edward deutete auf den farbigen Chauffeur, der mit einem Kollegen an einer Mauer hinter den parkenden Wagen lehnte. Der Schwarze zuckte nur bedauernd mit den Schultern, als Edward und Philip zu ihm hinüberblickten, und fuhr dann fort, seine Zeitung zu lesen.

»Bitte, gib mir deine Wagenschlüssel«, wiederholte Edward, und Stuckey gab widerstrebend nach.

»Okay.« Er zog die Schlüssel aus der Hosentasche und händigte sie dem Freund aus. »Aber du solltest besser nicht fahren, Edward. Du bist überarbeitet. Laß meinen Wagen stehen. Ich kümmere mich darum, daß deiner raus kann.«

Ungehalten winkte er einem der Japaner. »Los, los, fahren Sie die Wagen an die Seite. Verdammte Schlamperei!«

Er fuhr herum, weil Edward in den Lotus einstieg. »Bitte, warte …«, setzte er an.

Lewis kurbelte das Seitenfenster herunter, und Philip beugte sich hinein. »Kennst du dich überhaupt mit der Gangschaltung aus?«

Edward ließ den schweren Motor an. »Na klar …«

»Hast du jemals einen Wagen mit Gangschaltung gefahren?« bohrte Philip weiter, und Edward grinste.

»Sicher doch.«

»Na schön, aber bitte – sei vorsichtig. Der Wagen ist funkelnagelneu.« Philip Stuckey brach beinahe der Schweiß aus, als er hörte, wie Edward den ersten Gang hineinwürgte. Er hob die Hände. »Bitte, bleib … bleib lieber hier!«

Edward winkte ab. »Schon gut. Ich kann mit der Karre umgehen.« Damit ließ er den Motor aufheulen und fuhr an.

Philip gab sich jetzt keine Mühe mehr, die Angst um seinen tollen neuen Sportwagen zu verbergen. »Edward, bitte, paß auf. Fahr den Wagen nicht kaputt!«

Der Lotus beschleunigte und stoppte am Ende der Auffahrt. Philip Stuckey rannte hinterher.

»Ich liebe diesen Wagen!« rief Edward lachend aus dem Fenster.

»Ich liebe ihn auch! Bitte, sei vorsichtig. Du weißt doch gar nicht, wie du fahren mußt …«

Als Edward krachend höher schaltete, verspürte Philip fast einen körperlichen Schmerz. »Du wirst dich in der Dunkelheit verfahren …« Er blickte seinem Auto nach, das mit kreischenden Reifen in die Straße einbog – in der falschen Richtung. »Beverly Hills liegt doch unterhalb der Berge«, rief Philip, doch das hörte Edward nicht mehr.

Mit röhrendem Motor raste er durch die engen Haarnadelkurven.

Edward Lewis war es tatsächlich nicht gewöhnt, einen Wagen mit Gangschaltung zu fahren. Überhaupt war er kein routinierter Fahrer, da er sich in der Regel chauffieren ließ, wenn er nicht gerade seinen Privatjet benutzte.

Ein paarmal nahm Edward die Kurven zu eng, würgte fast den Motor ab, als er auf die Bremse stieg, der Wagen schleuderte, und Edward landete im letzten Moment in einer Parkbucht, wo er stoppte.

»Verdammter Mist!« schimpfte er, während er nach dem Rückwärtsgang suchte, um zurückzusetzen und dann in etwas gemäßigterem Tempo weiterzufahren.

Es war inzwischen ziemlich dunkel, und Edward Lewis merkte immer noch nicht, daß er die falsche Richtung eingeschlagen hatte.

2

Der Wecker auf Vivian Wards Nachttisch klingelte pünktlich um zwanzig Uhr fünfundfünfzig. Sie hatte tief geschlafen, reckte sich, gähnte und tastete, ohne die Augen zu öffnen, nach der Uhr, um das Läutwerk abzustellen.

Danach blieb sie noch ein paar Minuten mit geschlossenen Augen liegen, ehe sie sich aufsetzte und die Beine über die Bettkante schwang.

Während Vivian mit automatischen Bewegungen ihre blonde, halblange Perücke glättete, die sie auch während des Schlafens nicht abgelegt hatte, und den Pony über der Stirn zurechtzupfte, wanderte ihr Blick durch das schäbige Apartment, das sie zusammen mit ihrer Freundin Kit de Luca bewohnte.

Vivians Kleider lagen verstreut auf einem abgewetzten Sessel und dem Fußboden. An der Wand über dem Bett hatte sie eine Art Pinnbrett angebracht, auf das sie Fotos von sich geklebt hatte. Es waren Schnappschüsse mit Freunden und Bekannten von früher, deren Gesichter Vivian sorgfältig herausgeschnitten hatte, bevor sie die Bilder angebracht hatte.

Von draußen drang Straßenlärm herein. Autos hupten, irgendwo kreischte eine Frau, die Sirenen eines Polizeiwagens heulten auf und verstummten in der Ferne.

Das Hotel, in dem Vivian und Kit das Apartment gemietet hatten, lag in einer Seitenstraße vom Hollywood Boulevard. Es waren nur ein paar Schritte zum Walk of Fame, wo die Namen berühmter Hollywoodstars, von Sternen eingerahmt, auf dem Pflaster verewigt waren, eine der vielen Attraktionen für die Touristen, die täglich scharenweise nach Hollywood kamen.

Sonst allerdings hatte der Hollywood Boulevard in diesem Abschnitt wenig Attraktives an sich. Hier reihten sich billige Restaurants und Bars, Vergnügungslokale und Pornokinos aneinander, und die Sterne mit den Namen der Hollywoodgrößen waren das Revier der Prostituierten, die auf den breiten Gehsteigen auf und ab flanierten, um Kundschaft zu ergattern.

Straßenhändler, Fixer und Dealer, Zuhälter und illegale Einwanderer, Schlepper, kleine Ganoven, Schaulustige und das Heer derer, die von dem Vergnügungsbetrieb des Hollywood Boulevards lebten, drängten sich auf der Straße und in den einschlägigen Lokalen. Rock und Soul dröhnte aus Musikboxen, Jugendliche standen in kleinen Gruppen zusammen oder flitzten auf Skateboards zwischen den Leuten herum, und die Nutten winkten den Männern in den vorüberfahrenden Autos zu.

»Hallo, Süßer, willste 'n bißchen Spaß haben?«

»So allein heute nacht? Brauchst du 'n nettes Mädchen? Sieh mich an, ich bin eines ...«

Vivian Ward war unterdessen ins Bad gegangen. Sie duschte und zog sich anschließend an. Schwarzer Spitzenslip mit dazu passendem BH, schwarze Strümpfe und darüber ein Nichts von einem Kleid. Es hatte ein schulter- und taillenfreies Bustier, das im

Rücken und am Bauch mit jeweils einem weißen Ring an einem superkurzen Mini befestigt war.

Vivian war ein sehr hübsches Mädchen, schlank und langbeinig, mit großen, ausdrucksvollen Augen und einem weichen Mund. Sie hatte helle, nur leicht gebräunte Haut und schmale, schöne Hände.

Vor dem Spiegel trug sie Make-up auf, betonte vor allem die Augenpartie mit Kajalstift und blauem Lidschatten und schminkte die Lippen knallrot.

Dann zog sie hochhackige schwarze Stiefel über, deren Stulpen bis zu den Oberschenkeln reichten. Die Reißverschlüsse waren kaputt, und Vivian behalf sich mit Sicherheitsnadeln, die sie am Knöchel durch das Leder steckte, bevor sie den Reißverschluß hochzog.

Sie legte noch billigen Modeschmuck an, Armreifen, die bei jeder Bewegung leise klirrten, setzte eine schwarze Kappe mit Schirm auf und schnappte sich ihre Beuteltasche. Zuletzt warf sie sich einen kurzen roten Mantel über die Schultern.

Als sie das Apartment verließ und die Treppe hinunterstieg, hörte sie unten in der Halle jemanden sprechen.

Vivian blieb stehen, kauerte sich auf eine Stufe und spähte vorsichtig durch das Treppengeländer.

Sie erkannte den Wirt ihres schäbigen Apartment-Hotels, der einen Jamaicaner an der Jacke festhielt.

»Komm schon, bleib stehen. Du hast mich wohl nicht verstanden. Am Ende des Monats kassiere ich bei jedem die Miete. Also rück die Kohle raus, oder du fliegst.«

Geräuschlos richtete Vivian sich wieder auf und schlich leise zu ihrem Apartment zurück. Im Bad öffnete sie den Deckel der Toilettenspülung und holte eine Seifendose aus Plastik heraus, das Versteck für ihr Geld.

Als Vivian die Dose öffnete, kam lediglich eine Ein-Dollar-Note zum Vorschein, mehr nicht. Ziemlich konsterniert blickte Vivian darauf nieder, schloß die Dose wieder und verstaute sie an ihrem alten Platz.

Wie kam sie jetzt hier raus, ohne dem Hauswirt in die Arme zu laufen?

Vivian öffnete ein Fenster im Wohnraum, zwängte sich auf das schmale, von einem Eisengeländer umgebene Podest und hangelte nach der obersten Leitersprosse der Feuerleiter. Dann kletterte sie eilig hinunter.

Unten auf der Straße ging ein Paar vorbei, das Vivian nicht beachete. Aber im zweiten Stock blickte eine dunkelhaarige Frau aus dem Fenster und beobachtete Vivian verwundert, sagte aber nichts.

Die Feuerleiter endete ein gutes Stück über dem Erdboden. Vivian warf zuerst ihre Tasche hinunter und sprang dann hinterher. Geschafft! dachte sie, während sie die Tasche aufnahm und unter der Absperrung zur Straße hindurchschlüpfte. Sie schloß sich einigen vorbeikommenden Passanten an und folgte ihnen um die Ecke zum Hollywood Boulevard.

An einer roten Ampel blieb sie stehen und überquerte den Fahrdamm, als diese auf Grün sprang.

Ein Neger mit einer bunten Strickmütze und brauner, zerschlissener Jacke redete mit großen Gesten auf eine Gruppe Touristen ein, die aus einem Bus gestiegen waren. »Willkommen in Hollywood!« rief er. »Jeder, der nach Hollywood kommt, hat irgendeinen Traum. Wovon träumen Sie? Und Sie? Hey, Mister, was ist Ihr allergrößter Traum?«

Vivian kannte den Schwarzen. Niemand wußte, wie er hieß, aber er trieb sich Tag für Tag auf dem Hollywood Boulevard herum und sprach die Leute an, ein harmloser, immer gut gelaunter Typ, der von jedem wissen wollte, welcher Traum sich für ihn mit dem Namen Hollywood verband.

Während Vivian weiterging, sah sie aus dem Augenwinkel, wie ein Halbwüchsiger auf einem Skateboard auf zwei Teenies zuflitzte, die in einem Hauseingang auf den Stufen saßen, offenbar bis zum Kragen vollgepumpt mit Rauschgift.

Der Junge stoppte vor ihnen. »Ich hab' prima Stoff.«

Ein paar Dollarscheine und ein kleines Päckchen wechselten den Besitzer, dann wünschte der Junge den beiden noch »Viel Spaß!«, bevor er auf seinem Skateboard verschwand.

Der Neger war den Touristen bis zu einer Nebenstraße gefolgt, wo ein Ambulanz- und ein Polizeiwagen vor einem schmalbrüstigen Haus standen. Durch ein paar uniformierte Beamte abgeschirmt, lag eine reglose Gestalt in einer Türnische, in der sonst ein Schuhputzer seinen Stand hatte. Etliche Schaulustige hatten sich eingefunden, und eine Frau fragte neugierig: »Was ist denn hier los?«

»Da ist so 'ne kleine Nutte hopsgegangen«, erklärte jemand.

Einer der Polizisten tippte dem Neger auf die Schulter. »Detective Albertson«, stellte er sich vor. »Wissen Sie irgendwas über die Tote?«

Vivian war gleichfalls näher gekommen und hörte die Antwort. »Das kann ich Ihnen sagen, Mister. Ich hab keine Ahnung, ehrlich, was sie getrieben hat.«

»Komm, erzähl uns nichts, Junge. Wir haben sie hinten im Hof aus dem Müllcontainer gezogen. Für wen hat sie gearbeitet?«

»Für Koks. Mit der war nicht mehr viel los. Die ist nur für Koks auf den Strich gegangen, Tag und Nacht. Die hat alles nur für 'n bißchen Crack gemacht.«

»Und was ist mit dir?« fragte Detective Albertson.

Der Neger hob beschwörend die Arme. »Ich bin clean, Mister, ehrlich.«

»Und das soll ich glauben?« Der Polizist wollte zu einer weiteren Frage ansetzen, wurde aber abgelenkt. »Hey, hey, hey!« rief er ungehalten. »Was machen Sie denn da?«

Er ging auf ein Paar zu, das sich vor der Nische mit der Toten postiert hatte. Die Frau hatte eine Kamera am Auge und fotografierte pausenlos. »Sind Sie von der Presse?«

Die Frau unterbrach ihre Tätigkeit und wandte sich kurz um. »Nein, sind wir nicht. Wir kommen aus Orlando.«

Kopfschüttelnd wandte sich der Polizist an einen Kollegen. »Nicht zu fassen! Hast du das gesehen, Al? Das sind Touristen – und fotografieren eine Leiche!«

Sein Kollege drängte die Sensationslüsternen zurück, und Vivian ging rasch weiter. Sie kannte die Tote, und ihr Anblick hatte ihr einen Schauer über den Rücken gejagt. Aus einiger Entfernung sah sie noch, wie die Leiche in den Ambulanzwagen gebracht und abtransportiert wurde.

Rasch rannte Vivian wieder über die Straße auf ein Lokal zu. ›The Blue Banana Club‹ stand in bunten Leuchtbuchstaben über dem Eingang. Einige Motorräder lehnten an der Wand, und aus dem Inneren ertönte laute Musik.

Eine Frau im superkurzen Jeansrock stand auf einem Podium und malte überlebensgroße Porträts auf eine Wand. Sie tanzte dazu mit langsamen erotischen Bewegungen.

Das Lokal war voll, die Luft rauchgeschwängert. Gläserklirren, Stimmengewirr und Gelächter schlugen Vivian entgegen, als sie eintrat.

Aus einer Musicbox erklang ein Schlager, und eine Männerstimme sang:

»In a world that can be so insane,
do'nt think it's very strange
for me to be in love with you ...«

Ein paar ausgeflippte Typen tanzten, andere umlagerten die Bar, die sich im Hintergrund quer über die ganze Breite des Raumes zog. Vivian drängte sich zwischen ihnen zu dem Barkeeper hin.

»Hey, Pops?« fragte sie. »Hast du 'ne Ahnung, wo Kit ist?«

Der alte Mann deutete mit dem Kopf zur Treppe. »Oben im Billardraum.«

Kit de Luca, die mit Vivian zusammen das Hotelapartment bewohnte, saß mit ein paar Leuten an einem Tisch. Sie war klein, zierlich und hatte ein hübsches, glattes Kindergesicht. Als Vivian heraufkam, kämmte Kit sich gerade ihre dicken dunkelbraunen Locken. Sie nahm ihre Sonnenbrille ab, als Vivian an den Tisch trat.

»Viv!« sagte sie lächelnd. »Hallo, Süße ...«

Vivian hielt sich nicht mit Vorreden auf. »Wo ist die Knete?« fuhr sie Kit an.

Die überhörte die Frage und wandte sich mit großer Geste an den neben ihr sitzenden Mann. »Carlos, du kennst Vivian ...« Sie deutete auf die beiden anderen am Tisch. Es waren der Junge, der vorhin mit dem Skateboard auf der Straße herumgeflitzt war, und eine Kollegin von Kit und Vivian. »Das hier ist Angel und das ...«

»Ich kenn' die Typen«, fiel Vivian ihr rüde ins Wort. »Was hast du mit der Knete gemacht?«

»Carlos hat mir ein bißchen Stoff besorgt. Wir feiern hier 'ne kleine Party«, erklärte Kit großartig. »Ich bin die Gastgeberin.«

Entgeistert starrte Vivian sie an. »Nicht zu fassen! Du hast Shit für unsere Miete gekauft! Bist du verrückt geworden, Kit?«

Wütend zog sie sie von ihrem Sitz und schüttelte sie ein bißchen. Als sie sie losließ, verlor Kit das Gleichgewicht und rutschte auf den Fußboden. Schuldbewußt blinzelte sie zu Vivian hoch. »Ich brauchte dringend 'ne Tüte ...«

»So, hast du? Und was ist mit der Miete?« fauchte Vivian.

Carlos stand auf und stellte sich zwischen die beiden Frauen. »Komm, komm, beruhige dich, Chica«, sagte er mit samtweicher Stimme. Er war ein hübscher junger Bursche, ein Hispano-Typ mit knallenger Hose und schwarzem Shirt. Auf dem Kopf trug er einen Hut. Er streifte Kits Hand ab, die ihn beschwörend an seinem Shirt zupfte und heftig den Kopf schüttelte. »Sie schuldet mir noch zweihundert Mäuse ...«

»Carlos!« murmelte Kit entsetzt.

Vivian warf ihr einen entgeisterten Blick zu. »Noch zweihundert Mäuse?«

»Das ... das war vorher«, stotterte Kit.

»Stimmt. Zweihundert, Vivian.« Carlos betrachtete sie mit einem öligen Grinsen. »Aber wenn du Kits Schulden bei mir abarbeiten willst, finden wir da sicher 'n Weg.«

Kit sah, wie Vivian verärgert den Mund verzog, und sagte rasch: »Das ist wirklich 'n liebes Angebot, Carlos, aber so weit sind wir noch nicht.« Sie rappelte sich auf und griff nach Vivians Arm. »Komm mit, Baby. Komm nach unten.«

Doch Vivian blieb störrisch wie ein Esel stehen. »Was heißt das – abarbeiten? Ich soll deine Schulden abarbeiten?«

Angel, die die Szene bis jetzt stumm verfolgt hatte, kicherte, während Kit es endlich schaffte, Vivian zur Treppe zu ziehen. »Und auf so was stehst du, Carlos?« fragte Angel den Zuhälter, mit dem sie zusammenlebte.

Carlos blickte Vivian nach und grinste wieder nur.

Vivian aber war noch immer wütend. »Du hast das Geld geklaut, während ich geschlafen habe«, ging sie auf Kit los. »Stimmt's?«

Die zuckte mit den Schultern. »Ich konnte dich nicht fragen. Du warst nicht da.«

Sie waren inzwischen die Treppe hinuntergestiegen, und Kit steuerte auf die Bar zu.

»Hey, was soll das?« fragte Vivian. »Laß uns gehen.«

Kit schüttelte den Kopf. »Ich brauch 'n Snack. Und vergiß nicht, es ist meine Wohnung.« Sie nahm sich eine Serviette von der Theke und suchte sich aus den dort angerichteten Schalen kandierte Früchte heraus.

»Und du vergiß nicht, daß ich auch dort wohne!« erwiderte Vivian aufgebracht.

Kit reagierte gereizt. »Du bist hier angekommen

und hattest gar nichts. Es war meine Wohnung und meine Knete, und ich hab dir Tips gegeben, wie du Geld machen kannst. Carlos hat mich gedrängt. Ich mußte ein paar Kröten rausrücken. Und jetzt sitzt du mir im Genick. Das ist ungerecht.«

Pops, der Barkeeper, hatte stirnrunzelnd beobachtet, wie sie sich kandierte Früchte in den Mund stopfte. Er kam heran und meinte knurrig: »Das ist hier keine Selbstbedienung.«

»Ich sitz' dir im Genick?« fuhr Vivian auf. »Kit, ich hab' gerade eine Frau gesehen, die sie tot aus einem Container geholt haben.« Sie setzte sich auf einen Barhocker, und Kit, die schon wütend gehen wollte, blieb stehen und kam zu ihr zurück.

»Ich weiß. Das war Skinny Marie. Aber die war total kaputt. Sie hat nur noch gekokst. Dominic hat vergeblich versucht, sie clean zu kriegen, schon vor Monaten!«

Am anderen Ende der Bar wurde es laut. Ein paar Gäste waren in Streit geraten. Für einen Moment waren Kit und Vivian abgelenkt und blickten zu ihnen hin.

Dann wandte Vivian sich wieder an ihre Freundin. »Ich will hier raus«, murmelte sie deprimiert. »Wünschst du dir das nicht auch manchmal?«

»Hier raus?« Kit schüttelte entsetzt den Kopf. »Aber wo sollen wir denn hin?« Und damit hatte sie zweifellos recht.

Wie sollten zwei Mädchen wie sie, die auf dem Hollywood Boulevard auf den Strich gingen, es schaffen, ihrem Leben eine andere Richtung zu geben?

Die beiden verließen die Bar und gingen die paar Schritte zu jenem Teil des Hollywood Boulevards, der ihr Revier war. Es gab hier eine Menge Prostituierte, aber jede von ihnen hatte ein bestimmtes Stück Straße, wo sie auf und ab schlenderte und auf Freier wartete.

Doch Kit und Vivian sahen schon von weitem, daß ihr Revier diesmal von jemand anderem okkupiert worden war.

Sie kannten das Mädchen; es hieß Rachel und lehnte an einem Baum.

Energisch marschierte Kit auf die Konkurrentin zu. »Hallo, Rachel.«

Die rothaarige Nutte im schwarz-weiß karierten Bodystock stieß sich lässig vom Baumstamm ab. »Is' was?«

Kit nickte. »Ja, du siehst doch die Sterne auf dem Gehweg, Baby, oder?«

Rachel nickte. »Ja, klar ...«

»Sehr gut.« Kit deutete auf die im Pflaster eingelassenen Sterne mit den Namen berühmter Hollywood-Größen. »Vivian und ich, wir arbeiten von Bob Hope über die Ritz Brothers und Fred Astaire das ganze Stück bis zu Ella Fitzgerald. Das ist unser Gebiet. Wir haben hier ältere Rechte. Du verschwindest besser in deine Ecke.«

»Entschuldige, entschuldige«, erwiderte Rachel übertrieben höflich. »Ich wollte hier nicht Wurzeln schlagen.« Sie warf Vivian einen giftigen Blick zu. »Außerdem – sie ist noch neu im Geschäft.«

»Stimmt«, erwiderte Kit unbeeindruckt. »Ich aber nicht.« Sie machte ein paar Schritte auf die Kollegin zu. »Also schlag gefälligst bei Esther Wilson Wurzeln.«

»Williams«, verbesserte Vivian sie automatisch, und Kit wiederholte:

»Esther Williams! Da gehörst du hin.«

Rachel verzog den Mund. »Mach doch nich' so 'n Affen. Du wirst immer blöder und zickiger.« Damit drehte sie sich um und stolzierte hüftschwingend auf ihren hohen Absätzen davon.

Kit sah ihr mit gerunzelter Stirn nach. Dann wandte sie sich an Vivian: »Bin ich wirklich zickig?«

»Ja«, sagte die und schränkte mit einem Lächeln ein: »Manchmal.«

Kit seufzte. »Das ist nur, weil ich ewig solchen Hunger hab. Ich muß dringend was Anständiges essen.« Sie verstummte, weil ein Mann aus einem langsam vorüberfahrenden Auto einen schrillen Pfiff ausstieß. »Hallo, Schwester!«

Kit rannte auf den Wagen zu. »Hallo, ja! Ja, Baby?«

Durch das Fenster neben dem Beifahrersitz sah sie, daß außer dem, der sie angerufen hatte, noch zwei weitere Männer im Wagen saßen, einer im Fond und einer am Steuer.

»Läßt du mich umsonst?« fragte der Mann auf dem Beifahrersitz. »Ich hab heute Geburtstag.«

»Du spinnst wohl!« rief Kit wie aus der Pistole geschossen, drehte ihm den Rücken zu und kehrte zu Vivian zurück.

Die nahm ihre schwarze Schirmmütze ab und zupfte sich die blonden glatten Haare zurecht. »Heute nacht scheint hier absolut tote Hose zu sein.«

Kit nickte resigniert. »Sieht so aus. Vielleicht sollten wir uns doch einen Loddel nehmen. Carlos steht auf dich.«

»Ja, und dann knöpft er uns unsere Kohle ab, und wir sind noch schlechter dran als vorher.«

»Da hast du auch wieder recht.« Kit grinste und zitierte den oft gebrauchten Satz, mit dem die beiden

Mädchen ihre Freiheit priesen. »Wir sagen wer, wir sagen wann und machen unseren eigenen Preis.« Sie lehnte sich an einen Laternenpfahl und betrachtete die vorüberfahrenden Autos.

Vivian schwieg eine Weile. Dann fragte sie: »Sehe ich nicht zu anständig aus?«

»Aber nein! Ich liebe deinen Look.« Kit strich über Vivians Perücke. »Und die Männer stehen auf so was.«

Sie blickte sich um, weil ein Automotor wild aufröhrte und Reifen quietschten. »Hey, welcher Verrückte quält denn da so seinen Wagen? Der ist doch ...« Sie pfiff anerkennend durch die Zähne, als sie den silberfarbenen Lotus schlingernd aus der Highland Avenue auf den Hollywood Boulevard einbiegen sah, und stieß Vivian an. »Mensch, schnapp dir den!«

»Wart eine Minute!« Vivian betrachtete den Sportwagen und fügte zweifelnd hinzu: »Das ist ein Lotus Esprit ...«

»Nein, das ist unsere Miete!« trumpfte Kit auf. Sie beobachtete, wie der Lotus sein Tempo verlangsamte und schließlich stoppte, und gab Vivian einen ermunternden Schubs. »Geh schon zu ihm. Du siehst heiß aus. Der muß kräftig abdrücken, mindestens hundert. Ruf mich an, wenn du fertig bist. Und paß auf dich auf.«

»Du auch«, sagte Vivian, strich ihr kurz über die Wange und zog dann ihren Mantel aus, um ihre perfekt gewachsene Figur und die langen Beine zu zeigen. Sie lockerte die blonden Haare und ging auf den Lotus zu.

Kit winkte ihr aufgeregt nach. »Los, mach ihn an, Baby!« rief sie begeistert. »Mach ihn heiß! Du schaffst das. Die Kohle ist dir sicher.«

3

Edward Lewis, der am Steuer des Lotus saß, sah Vivian gar nicht kommen. Er starrte voller Konfusion auf das Armaturenbrett, dann auf die Gangschaltung.

»Nun stell dich doch nicht so an«, murmelte er. »Hier irgendwo ist der erste Gang.«

Er hatte sich total verfahren, nachdem er Philip Stuckeys Villa in den Hollywood Hills verlassen hatte. Irgendwie war Edward nach Hollywood gelangt, war beim Pantages Theater am Ende des Hollywood Boulevards herausgekommen und dann, statt nach rechts in Richtung West Hollywood und Beverly Hills abzubiegen, in die entgegengesetzte Richtung gefahren.

Ein paarmal hatte Edward Straßenschilder gelesen. Trendy Street, Sunset Boulevard, Melrose Avenue, aber er hatte keinen Schimmer, wo diese Straßen lagen und wie er von dort in sein Hotel gelangen konnte.

So war er immer weitergefahren, obwohl er echte Schwierigkeiten hatte, mit dem Lotus zurechtzukommen. Meist vergaß er, die Kupplung zu treten, wenn er schalten wollte, würgte ein paarmal den Motor ab oder gab zuviel Gas, so daß der Wagen sprang und bockte oder wie eine Rakete nach vorn schoß.

Edward war bereits ziemlich genervt gewesen, als

er plötzlich in einer ruhigen, schwach beleuchteten Nebenstraße gelandet war, in der die Häuser hinter weiß getünchten Mauern oder schmiedeeisernen Zäunen in großen Gärten lagen. Vor sich auf dem Gehweg hatte er eine zerlumpte Gestalt entdeckt, offenbar ein Penner, der in einer Mülltonne herumgewühlt hatte.

Als Edward sich aus dem Seitenfenster lehnte, hörte er, wie der Penner empört vor sich hin schimpfte: »Seht euch das an! Die Leute werfen nur noch Mist weg!«

Edward hatte gebremst. »Entschuldigen Sie ...«

»Häh?« Der Penner hatte sich erschrocken aufgerichtet.

»Können Sie mir sagen, wo es hier nach Beverly Hills geht?«

Der Mann war langsam näher herangeschlurft. »Da sind Sie schon. Hier rechts, das ist Sylvester Stallones Haus.«

Edward hatte sich höflich bedankt, und der Penner hatte lachend eine weit ausholende Armbewegung gemacht. »Sie sind hier herzlich willkommen.«

Irgendwie war Edward die Auskunft nicht sehr vertrauenerweckend erschienen. Vielleicht war der Mann verrückt oder betrunken oder high – oder alles zusammen. Jedenfalls hatte er darauf verzichtet, ihn nach dem Weg zum Regent Beverly Wilshire Hotel zu fragen, sondern mühsam gewendet. Dann war er den Weg zurückgefahren, den er gekommen war, in der Hoffnung, irgendwann auf eine Hauptstraße mit entsprechenden Hinweisschildern zu gelangen. Und so war er schließlich wieder auf dem Hollywood Boulevard gelandet.

Edward blickte hoch, als Vivians Kopf an dem offenen Seitenfenster des Beifahrersitzes auftauchte.

Sie lächelte strahlend und zeigte ihre prächtigen weißen Zähne. »Na, suchen Sie was Bestimmtes?«

Sie hoffte, daß er jetzt antworten würde: »Klar, dich!« Aber er sagte nur: »Ja, den Weg nach Beverly Hills. Können Sie mir den sagen?«

Vivian lächelte stärker. Er sah toll aus, der Fahrer dieses Lotus Esprit, fand sie. Und vor allem sah er nach Geld aus, nach viel Geld. »Natürlich. Für fünf Mäuse.«

Edward starrte sie perplex an. »Das ist ja lächerlich.«

»Stimmt.« Sie kicherte. »Deshalb habe ich gerade auf zehn Dollar erhöht.«

»Sie können doch dafür kein Geld verlangen«, erwiderte er kopfschüttelnd.

Sie stützte die Arme auf die Wagentür. »Ich kann tun, was ich will, Baby. Ich kenn' ja den Weg.«

Dann trat sie einen Schritt zurück, richtete sich auf, als wolle sie gehen, und drehte Edward ihren hübschen Hintern zu. Ein paar Sekunden starrte er auf die sanften Rundungen unter dem engen Mini und die schlanken Oberschenkel, so weit sie von den schwarzen Stiefeln freigelassen wurden, und hob schließlich resigniert die Schultern. »Na schön, okay. Sie haben gewonnen.«

Er griff in seine Jackentasche, während Vivian wie der Blitz wieder herumfuhr und sich zum Fenster hineinlehnte. »Können Sie zwanzig Dollar wechseln?«

Edward hielt ihr die Banknote hin, und Vivian öffnete die Beifahrertür und war mit einem Satz im Wagen.

»Für zwanzig Dollar bringe ich Sie persönlich hin.« Sie schnappte sich den Schein, faltete ihn zusammen und steckte ihn in ihren BH. »Ich zeig' Ihnen auch, wo die Stars wohnen.«

Edward mußte über ihre Unverfrorenheit lachen. »Oh, vielen Dank. Sylvester Stallones Haus habe ich schon gesehen.«

»Toll«, sagte Vivian und lehnte sich zurück. »Erst geradeaus und dann rechts ...«

Diesmal fand er den ersten Gang, legte ihn ein und ließ viel zu schnell die Kupplung los. Der Wagen machte einen Satz nach vorn, Edward gab zuviel Gas, und Vivian wurde förmlich in ihren Ledersitz gepreßt.

»Licht«, sagte sie halb erschrocken, halb lachend. »Es wäre gut, das Licht anzumachen.«

Diesmal fand Edward glücklicherweise den entsprechenden Schalter. Die Scheinwerfer flammten auf, der Lotus jagte über die Straße und hätte beinahe eine rote Ampel überfahren. Edward stoppte ihn im letzten Moment.

Vivian schluckte. »Das ... das ist vielleicht ein Gerät!« Es klang durchaus anerkennend.

»Ja, aber ein bißchen ... na ja ... temperamentvoll«, schränkte Edward mit einem schiefen Lächeln ein.

»Ihr Auto?« erkundigte sie sich, und er schüttelte den Kopf. »Nein.«

»Geklaut?«

Er lachte. »Nicht direkt.«

Während sie vor der Ampel warteten, warf er einen Blick zu Vivian hinüber. »Haben Sie auch einen Namen?«

Sie lächelte ihn kokett an. »Wie würden Sie mich denn nennen?«

Als er schwieg, lachte sie leise. »Vivian. Mein Name ist Vivian.«

»Vivian«, wiederholte er, während die Ampel auf Grün sprang. Er gab wieder Gas, und sie fragte:

»In welchem Hotel wohnen Sie?«

»Im Regent Beverly Wilshire.«

»Noch ein Stück geradeaus bis zur Ecke dort vorn. Dann rechts.« Vivian betrachtete Edwards Profil. »Sind Sie aus Kalifornien?«

Er schüttelte den Kopf. »Nein, ich komme aus New York.« Dabei schaltete er in den zweiten Gang und bog in die Melrose Avenue ein.

»Mann«, sagte Vivian bewundernd. »Die Flunder geht ja in die Kurven wie auf Schienen.«

»Verzeihung – wie bitte?« fragte er verständnislos, und sie kicherte amüsiert.

»Der absolute Wahnsinn! Dabei hat das Ding nur vier Zylinder.«

Edward ging in den dritten Gang und gab noch mehr Gas. »Sie verstehen was von Autos? Wie kommt das?«

»Nur aus der Autozeitung. Die Jungs bei uns zu Hause waren scharf auf amerikanisches Blech, besonders auf Mustangs und Corvettes. Sie haben sie billig gekauft und aufgemotzt. Ich hab oft zugesehen.« Sie betrachtete die luxuriöse Innenausstattung und warf dann Edward einen schrägen Blick zu. »Wie kommt's eigentlich, daß Sie so wenig von Autos verstehen?«

»Schon meinen ersten Wagen bekam ich mit Chauffeur geschenkt«, erklärte er wahrheitsgemäß. »Und wo war das, wo die Jungs so scharf auf ... auf amerikanisches Big Blech waren?« fragte er, bemüht auf ihre Ausdrucksweise einzugehen.

»In Millage Ville, Georgia«, erwiderte sie. Edward versuchte höher zu schalten, und Vivian lachte. »Schönen Gruß vom Getriebe, der Gang ist drin. Sie schalten nicht richtig. Das ist eine normale H-Schaltung.«

Unwillkürlich blickte er auf den Schalthebel. »Normale H-Schaltung? Nun weiß ich soviel wie vorher.« Sie lachte wieder, und er fügte hinzu: »Haben Sie schon mal einen Lotus gefahren?«

»Nein ...«

»Dann können Sie gleich damit anfangen.«

»Soll das ein Scherz sein?« fragte sie überrascht.

»Nein, aber sonst halten Sie mir weiter Vorträge.« Er stoppte.

Vivian sprang auf die Straße und war so schnell um den Wagen herum, daß Edward noch kaum ausgestiegen war. Sie tauschten die Plätze, und Vivian sagte voller Vorfreude: »Schnallen Sie sich bitte an. Jetzt werde ich Ihnen mal zeigen, was diese Flunder alles kann. Da werden Sie Augen machen. Sind Sie fertig?«

Edward hatte den Sicherheitsgurt angelegt. »Ich bin fertig.«

Sie richtete die Seiten- und den Rückspiegel für sich ein. »Los geht's.«

Damit gab sie Gas und schaltete fast geräuschlos. Der Wagen beschleunigte und jagte die Straße entlang. Vivian strahlte vor Vergnügen, und ihre Augen blitzten.

»Dieses Ding hat Pedale wie ein Rennwagen. Sie liegen ganz dicht beieinander. Ist wahrscheinlich für Frauen viel einfacher zu fahren. Wir haben ja kleinere Füße. Ich bin die Ausnahme. Ich habe Größe vierzig.«

Edward blickte von der Seite in ihr Gesicht. Ihre fast kindliche Freude gefiel ihm.

Sie nahm die rechte Hand vom Steuer und hielt sie vor Edwards Gesicht. »Ein Fuß ist so lang wie ein Arm vom Ellbogen bis zum Handgelenk. Haben Sie das gewußt?«

»Nein, das wußte ich nicht.« Ein kleines Lachen schwang in seiner Stimme.

»Ist ja auch nicht so wichtig.« Vivian umfaßte das Steuer wieder mit beiden Händen. Eine Weile schwiegen sie, während Edward glättend über seinen Mantel strich, der auf seinem Schoß lag. Er hatte ihn bei seinem abrupten Aufbruch von der Party einfach auf den Beifahrersitz geworfen, und Vivian hatte sich darauf gesetzt.

Irgendwann blickte Edward wieder zu Vivian hinüber. Sie war eine sehr reizvolle Person, fand er. Wenn sie nicht so grauenhaft angezogen und zurechtgemacht gewesen wäre, würde man sie kaum für eine Hure halten. Sie hatte ein gutgeschnittenes Gesicht und sehr schöne Hände.

Er räusperte sich. »Sagen Sie mal, was verdient man heutzutage in Ihrem Job? Ich meine, im ... Parkgeschäft?«

»Unter hundert Dollar läuft da nichts«, schwindelte Vivian, eingedenk Kits Ermahnungen und ihrer deprimierenden Ebbe im Portemonnaie und der Seifenschale. Dieser Typ hier sah ganz so aus, als könne er das mit links bezahlen.

»Hundert Dollar pro Nacht?« fragte Edward überrascht.

»Für eine Stunde«, behauptete sie, ohne mit der Wimper zu zucken.

Jetzt verschlug es ihm fast die Sprache. »Eine Stunde?« wiederholte er ungläubig. »Sie verdienen hundert Dollar in einer Stunde und halten Ihre Stiefel mit Sicherheitsnadeln fest? Das ist doch wohl ein Scherz!«

»Über Geld scherzt man nicht«, erwiderte sie, und er nickte zustimmend und sehr überzeugt.

»Nein!« Wieder betrachtete er sie von der Seite. »Hundert Dollar pro Stunde... 'ne ganz schöne Stange!«

Für einen Moment nahm Vivian den Blick von der Straße und grinste Edward herausfordernd an. Dann legte sie ihre Hand in seinen Schoß, fühlte ein bißchen und sagte keß: »Im Augenblick noch nicht. Aber es könnte eine werden!«

Edward zog es vor, nichts darauf zu antworten. Außerdem wäre ihm gar nichts eingefallen. In seinem Kopf herrschte plötzlich das totale Chaos. Er konnte Vivian nur anstarren.

Wenig später hatten sie das Regent Beverly Wilshire Hotel erreicht. In einem eleganten Bogen fuhr Vivian vor dem Hauptportal des riesigen Luxushotels vor.

Ein uniformierter Portier, der vor dem Eingang stand, kam auf den Lotus zu.

Im selben Moment wollte eine sehr elegante Dame das Hotel verlassen. Sie blickte sich nach dem auffallenden Sportwagen um, und der Portier mußte ein Grinsen unterdrücken, weil Vivian gerade die Fahrertür öffnete und ausstieg. Die Elegante warf ihr einen total geschockten Blick zu, ehe sie rasch davonging.

»Guten Abend, Mister Lewis«, grüßte der Portier und beeilte sich, für Edward die Tür aufzureißen. Er riskierte einen zweiten Blick auf Vivian und wußte nicht, ob er fassungslos oder begeistert sein sollte. »Brauchen Sie den Wagen heute abend noch mal?«

Edward lachte, weil er an seine Fahrkünste denken mußte. »Nein, ich hoffe nicht.« Dann wandte er sich Vivian zu.

Sie blickte an der prunkvollen Fassade des Hotels hoch. »Ah ... hier also«, sagte sie bewundernd, und er nickte.

»Ja.«

Ein paar Sekunden blickten sie einander schweigend an, bis Edward sich räusperte. »Ist alles in Ordnung?«

Vivian druckste. Sie hatte so sehr gehofft, daß er sie ins Hotel mitnehmen würde. Was für eine Pleite, wenn sie ohne hundert Dollar zu Kit zurückkam! »Ja, ich glaub' schon. Ich leiste mir ein Taxi für meine zwanzig Dollar.« Aber sie machte keine Anstalten, sich zu verabschieden.

»Sie müssen wieder in Ihren Laden zurück«, sagte Edward.

Vivian kicherte. »In meinen Laden ... sehr gut.«

Er blickte zu Boden und sah dann wieder sie an. »Vielen Dank für Ihre Hilfe.«

»Ja. Also dann ...« Vivian zögerte immer noch. Wieder betrachtete sie das Hotel, und Edward kam sie auf einmal vor wie ein Kind, das Hunger hatte und sich die Nase an einem Schaufenster plattdrückt, hinter dem die herrlichsten Schokoladentorten ausgestellt sind.

Dann wandte sie sich ab. »Auf Wiedersehen«, rief Edward ihr nach und beobachtete, wie sie langsam davonging. Im Laufen zog sie ihren Mantel über.

Die hohen Absätze ihrer Stiefel, die sie mit Sicherheitsnadeln zusammengesteckt hatte, weil der Reißverschluß kaputt war und sie offenbar kein Geld hatte, sich einen neuen einnähen zu lassen, klapperten auf dem Pflaster, als sie von der Haltebucht des Hotels auf den Wilshire Boulevard einbog.

Edward wartete, aber Vivian blieb nicht stehen, um

einem vorüberfahrenden Taxi zu winken. Da ging er ihr kurz entschlossen nach.

»Kein Taxi?« fragte er, als er sie erreicht hatte. Sie saß auf der Bank einer Bushaltestelle, oben auf der Lehne, und hatte die Füße auf die Sitzfläche gestellt.

Sie drehte sich zu ihm um. »Ich hab's mir anders überlegt. Ich nehme lieber den Bus. Das ist lustiger.«

»Aha.« Ein bißchen ironisch lächelte Edward auf sie hinunter. Weder er noch Vivian merkten, daß der Hotelportier, der inzwischen dafür gesorgt hatte, daß der Lotus von einem Hoteldiener in die Garage gefahren wurde, sehr interessiert zu ihnen herüberspähte.

»Was mir nicht aus dem Kopf geht ...«, sagte Edward, »verlangen Sie wirklich hundert Dollar in der Stunde?«

»Ja«, antwortete Vivian wie aus der Pistole geschossen.

Er dachte einen Moment nach. Dann gab er sich einen Ruck. »Wenn ... wenn Sie keine anderen Verpflichtungen haben, dann machen Sie mir doch die Freude und begleiten mich ins Hotel. Geht das?«

»Das geht klar«, sagte sie so lässig wie möglich, aber ihr strahlendes, erleichtertes Gesicht strafte ihren Ton Lügen. Sie sprang von der Bank herunter, und nebeneinander kehrten sie zum Regent Beverly Wilshire zurück.

»Wie heißen Sie eigentlich?« fragte Vivian plötzlich.

»Edward.«

»Edward!« wiederholte sie begeistert. »Das ist mein Lieblingsname. Den find' ich stark.« Er winkte ab, doch sie war nicht zu bremsen. »Ich sag' Ihnen eins, Edward: Das kann kein Zufall sein, o nein ...«

Er blieb stehen und hielt ihr in einem plötzlichen Einfall seinen Mantel hin. »Bitte, ziehen Sie das an.«

Sie blinzelte überrascht. »Wieso denn?«

»Weil ...«, er räusperte sich verlegen, »weil dieses Hotel nicht zu den Etablissements gehört, in denen die Zimmer stundenweise vermietet werden.«

Er fand selbst, daß er ziemlich steif klang, aber Vivian lächelte nur. »Oh ...« Und dann ließ sie sich zu seiner Erleichterung von ihm den Mantel umlegen.

Sie betraten das Hotelfoyer mit seinen echten, kostbaren Teppichen auf dem spiegelnden Marmorboden, den behaglichen Sitzgruppen und üppigen Blumenarrangements.

Mit großen Augen blickte Vivian sich um und sog den Anblick all dieses Luxus förmlich in sich hinein.

»Wow!« stieß sie überwältigt hervor. Im Gehen schlüpfte sie in die Ärmel von Edwards Mantel und zog ihn enger um sich.

Trotzdem blickte ihr ein Hotelpage, der gerade mit einer Gepäckkarre voller Lederkoffer und Taschen aus dem Lift kam, mit offenem Mund hinterher. Er war nicht der einzige, der Vivian so anstarrte, wenngleich der einzige, in dessen Blick offene Bewunderung lag.

In der Lobby stand ein Ehepaar an der Rezeption, das Vivian mit hochgezogenen Augenbrauen musterte. Dann wandte sich die Frau mit einem empörten Schnauben ab.

In einem Ledersessel saß ein älterer zeitunglesender Gentleman. Auch er blickte hoch und wirkte reichlich fassungslos angesichts dieses fremden Vogels in einem Luxushotel, ebenso eine Frau hinter einer riesigen Blumenvase. Sie verrenkte sich fast den Hals, als Vivian vorüberging.

Die bemerkte davon nichts, sondern war noch immer ganz in die Betrachtung ihrer Umgebung versunken.

Edward lächelte. »Ist schon gut«, sagte er freundlich.

Vivian zuckte zusammen und registrierte erst jetzt die Aufmerksamkeit, die sie erregte. »Ach, du grüne Neune«, murmelte sie und hatte plötzlich Pudding in den Knien. Was, um alles in der Welt, wollte sie in diesem Hotel? Wahrscheinlich würde man sie im nächsten Moment an die Luft setzen.

Edward sah ihr an, was in ihr vorging, und legte leicht seine Hand in ihren Rücken. »Machen Sie sich keine Sorgen. Kommen Sie, gehen wir.«

Er beobachtete, wie sie mit staksigen Schritten weiterging, und fügte hinzu: »Und nicht so zappeln.«

Sie biß sich auf die Lippen und warf ihm einen unsicheren Blick zu, während sie Edward an den Empfang folgte.

»Guten Abend, Mister Lewis«, grüßte eine Hotelangestellte freundlich. Das Personal im Regent Beverly Wilshire war hervorragend geschult; deshalb riskierte die junge Frau auch nur einen kurzen Blick auf Vivian, ohne daß ihr höfliches Lächeln verrutscht wäre.

»Hallo«, erwiderte Edward. »Haben Sie Nachrichten für mich?«

»Da ist einiges gekommen.« Die junge Frau wandte sich zu den Fächern an der Rückwand und händigte ihm einen kleinen Packen Briefe und Fernschreiben aus.

»Danke«, erwiderte er, während er die Sachen flüchtig durchblätterte.

Vivian hatte sich an die Rezeption gelehnt – in der Pose, die ihr auf dem Hollywood Boulevard schon fast in Fleisch und Blut übergegangen war, eine Hand in die Hüfte gestützt, das Becken leicht vorgeschoben und ein Bein nach vorn gestellt. Kit hatte das lange mit ihr geübt. Es sah sexy, aber natürlich auch ziemlich herausfordernd aus, und nun starrte die Hotelangestellte Vivian doch mit unverhohlener Neugier an.

Edward nahm hastig Vivians Arm. »Ach ja«, warf er im Davongehen zurück. »Schicken Sie bitte eine Flasche Champagner und Erdbeeren zu mir.«

»Aber gerne.« Die Angestellte griff zum Telefon. »Den Zimmerservice für Mister Lewis bitte«, hörte Vivian sie sagen, während sie mit Edward zu den Fahrstühlen ging.

Er drückte auf den Knopf, um den Lift herbeizuholen, während ein älteres Paar, das ebenfalls dort wartete, wiederum nur Augen für Vivian hatte. Besonders die Frau musterte sie, als wäre sie ein kleines grünes Männchen aus dem Weltraum.

Vivian hatte sich allmählich von ihrer Beklommenheit über die vornehme Umgebung erholt. Die Art, wie die Frau sie fixierte, wurde ihr allmählich zu dumm. Sie stellte ihren Fuß auf den hohen Standaschenbecher neben den Lifttüren, so daß Edwards Mantel zurückfiel und ihre langen schlanken Beine in den schwarz glänzenden Stiefeln voll sichtbar wurden. »O Darling«, sagte sie gespielt schockiert und schrill. »Weißt du, was gerade passiert ist? Ich hab 'ne Laufmasche in meiner Strumpfhose.«

Edward grinste schweigend, während das Ehepaar sich entrüstet abwandte.

Vivian brach in schallendes Gelächter aus. »Dabei hab ich gar keine Strumpfhose an ...«

Die ältere Frau wandte sich ihr wieder zu und bemühte sich um ein säuerliches Lächeln.

In diesem Moment kam der Lift. Ein dezentes Klingeln ertönte, die Türen glitten auseinander, und ein junges Paar stieg aus. Vivian blickte, noch immer lachend, in die Kabine. »Na, so was von Glück! Da ist ja 'ne Couch für zwei drin!«

Edward wollte dem älteren Ehepaar den Vortritt beim Einsteigen lassen, doch Vivians Bemerkung veranlaßte die Frau, sich endgültig abzuwenden. Mit so etwas fahren wir nicht in einer Kabine, schien ihr dolchspitzer Blick zu sagen.

Edward zuckte mit den Schultern und erklärte lächelnd: »Sie fährt zum ersten Mal in einem Fahrstuhl.«

Der Mann, der ausgestiegen war, starrte Vivian fasziniert an, und seine Begleiterin stieß ihn in die Seite. »Mach den Mund zu, Liebling.«

Die Türen schlossen sich, aber auch der Liftboy hatte nur Augen für Vivian. Er machte keine Anstalten, sie und Edward nach oben zu fahren, sondern betrachtete sie mit hellem Entzücken.

Sie setzte sich auf die Lederbank, schlug die Beine übereinander, sprang aber im nächsten Moment schuldbewußt wieder auf. »Entschuldigung, ich konnte nicht anders«, sagte sie leise zu Edward.

Er nickte. »Aber das nächste Mal, ja?« erwiderte er. Auffordernd blickte er den Liftboy an, der zusammenzuckte, sich endlich auf seine Pflicht besann und den Fahrstuhlknopf betätigte. Mit einem leisen Surren setzte sich der Lift in Bewegung.

»Das Penthouse«, sagte der uniformierte junge Mann, der während der Fahrt wieder nur begeistert auf Vivian gestarrt hatte.

»Das Penthouse!« Sie pfiff anerkennend durch die Zähne, während sie Edward nach draußen folgte. »Toll!«

»Nach links«, forderte er sie auf, und sie wandte sich in die angegebene Richtung. Der Liftboy war ebenfalls auf den Korridor getreten und sah ihr nach. Edwarf warf ihm einen verweisenden Blick zu, woraufhin der junge Mann eilig wieder in seiner Kabine verschwand.

4

Edward öffnete die Tür zu seiner Suite mit einer Code-Karte. Dann ließ er Vivian eintreten.

Die Suite hatte die Ausmaße eines mittleren Einfamilienhauses, bestehend aus Diele, Livingroom, Speisezimmer und Schlafzimmer. Außerdem gab es noch ein riesiges Bad mit abgeteiltem Ankleidezimmer. Der roséfarbene Teppichboden war so dick, daß Vivans Füße fast darin versanken. Auch hier standen überall Blumen, und vor den französischen Fenstertüren erstreckte sich die große Dachterrasse.

Edward schaltete im Vorraum per Knopfdruck das Licht in allen Zimmern ein, und Vivian betrat den Livingroom. Sie betrachtete die Möbel aus kostbaren Edelhölzern, die gerafften Türvorhänge aus Samt und die überall verteilten Sitzgruppen mit Sesseln und Couches.

»Na?« fragte Edward lächelnd. »Beeindruckt?«

Sie fuhr zu ihm herum. »Beeindruckt? Das soll wohl 'n Witz sein! Ich bin ständig hier. Und zu Ihrer Information: Sie vermieten die Zimmer doch stundenweise!«

»Ja, natürlich.« Er ging zu dem Schreibtisch, legte seine Post darauf und knipste eine Tischlampe an. Dann setzte er sich in den Sessel, um die Briefe und Fernschreiben zu lesen.

Vivian öffnete eine Terrassentür und trat nach draußen. »Wow! Eine tolle Aussicht!« rief sie und betrachtete die Lichter der Stadt tief unter sich. »Ich wette, Sie können von hier aus sogar das Meer sehen.«

Edward schlitzte ein Kuvert auf und zog den darin befindlichen Bogen heraus. »Das glaube ich Ihnen. Ich war noch nie auf der Terrasse.«

Sie kam durch die zweite Tür in den Livingroom zurück. »Wieso gehen Sie denn nicht raus?«

»Ich hab extreme Höhenangst.«

»Haben Sie?« Er nickte, und Vivian erkundigte sich perplex: »Und wieso wohnen Sie dann in einem Penthouse?«

»Weil ich es so gewöhnt bin.« Er ließ den Brief sinken und lächelte ihr zu. »Ich hab vergeblich nach einem Penthouse im ersten Stock gesucht. War keines mehr frei.«

Erst jetzt wurde ihr bewußt, daß sie immer noch Edwards Mantel anhatte. Sie zog ihn aus und legte ihn über eine Couch. Dann machte sie ein paar Schritte durch den Raum und fand, es sei an der Zeit, nunmehr zum eigentlichen Zweck ihres Hierseins zu kommen. »So, und nachdem Sie mich nun mit nach oben genommen haben – was haben Sie denn jetzt mit mir vor?«

Während sie auf seine Antwort wartete, betrachtete sie angelegentlich eine Vitrine und strich über die Messingbeschläge, um Edward nicht ansehen zu müssen. Irgendwie waren ihr solche Fragen immer noch peinlich, und sie genierte sich, den Anfang zu machen.

Edward versuchte, sich wieder auf seinen Brief zu konzentrieren. »Um es genau zu sagen: Ich habe keine Ahnung.«

»Schade ...« Vivian schlenderte weiter und begutachtete einen ovalen Glastisch.

Edward warf ihr einen unbehaglichen Blick zu. »Denn das hab ich nicht geplant ...«

Vivian streifte ihren Mantel ab. »Ach, Sie planen wohl jeden Schritt?«

»Ja, immer!« erwiderte er überzeugt.

»Ich auch!« platzte sie heraus und berichtigte sich, als sie seinen ungläubigen Blick gewahrte. »Ach nein, eigentlich plane ich gar nicht gerne. Offengestanden sind mir Pläne zuwider. Ich war immer sprunghaft. Und da, wo ich mich ausziehe, da bin ich zu Hause. Ich lebe von einer Minute zur anderen. Ja, so bin ich.«

Sie setzte sich in einen Sessel und verschlang die Hände ineinander, während sie sich umsah. Ein paarmal seufzte sie, räusperte sich und schlug schließlich vor: »Wie wär's, wenn Sie mich jetzt bezahlen? Vielleicht tauen wir dann ein bißchen auf.«

Er wandte sich auf seinem Schreibtischsessel um und starrte sie eine Sekunde verblüfft an. »O ja, tut mir leid ... Also, ich vermute, Sie haben nichts gegen Bargeld?«

Vivians Miene erhellte sich, als er seine Brieftasche aus dem Jackett zog. »Nur Bares ist Wahres!«

Sie sprang auf, während Edward ein paar Scheine auf den Schreibtisch legte. Eilig nahm Vivian das Geld, setzte sich vor ihm auf die Tischplatte und verstaute die hundert Dollar in ihrem Stiefel.

Unwillkürlich wurde Edwards Blick von ihren Beinen angezogen. Dann sah er rasch zur Seite. »Äh ... Sie sitzen auf meinem Fax.«

Sie lächelte verführerisch. »Was das auch ist – auf so was hab ich noch nie gesessen.« Anschließend beugte sie sich ein Stück zur Seite und hob ihren hübschen Hintern leicht an, damit Edward die Fernschreiben darunter hervorziehen konnte.

»Danke, es geht schon«, murmelte er verlegen und legte die Sachen auf die andere Seite des Schreibtisches.

»Großartig!« Vivian richtete sich kichernd wieder auf und zog den Reißverschluß ihres einen Stiefels ein wenig hinunter. Sie förderte eine Handvoll Kondome zutage, die sie Edward fächerförmig wie Spielkarten offerierte. »Freie Wahl. Ich hab Rot, ich hab Grün, ich hab Gelb ... Nur mit Lila kann ich im Moment nicht dienen. Aber ich hab noch eins mit der Goldmünze. Das Kondom für den Champion.«

Sie nahm es hoch und schwenkte es marktschreierisch vor Edwards Nase. »Das Gute, das Große, das Allerbeste. Da kommt garantiert nichts durch. Da staunen Sie, was?«

Er verschanzte sich hinter Ironie. »Ein bunter Strauß voller Sicherheit«, meinte er, und Vivian grinste.

»Man schnallt sich ja auch an.«

Amüsiert stand er auf. Vivian legte die Kondome auf den Schreibtisch und blickte auf seinen Gürtel. Offenbar überlegte sie, ob sie warten sollte, bis er zur Sache kam, oder ob er es lieber hatte, wenn sie die Initiative ergriff.

Schließlich entschloß sie sich zu letzterem und machte Anstalten, seinen Gürtel zu öffnen. »Also, die Weste können wir erst mal ...«

Edward hielt ihre Hand fest. »Nein, ich ...« Er lachte verlegen. »Ich möcht' ganz einfach nur ein bißchen mit Ihnen reden.«

»Reden?« wiederholte sie entgeistert und überlegte fieberhaft, was er wohl damit gemeint haben könnte. War er etwa so ein Typ, der auf Telefonsex und ähnlichem stand?

Sie betrachtete ihn forschend und entschied dann, daß seine Worte wohl doch ganz harmlos und ohne Hintergedanken gemeint waren. Ob sie ihm am Ende nicht gefiel?

»Ja, ist gut«, sagte Vivian ein bißchen enttäuscht. »Von mir aus. Einverstanden.«

Sie sah zu, wie Edward sein Jackett auszog und über die Lehne seines Schreibtischsessels hängte, und bemühte sich um einen freundlich-geschäftsmäßigen Konversationston. »Edward, sind Sie nur beruflich oder privat in der Stadt?«

»Beruflich.« Er blickte auf sie hinunter. »Dachte ich jedenfalls.«

»Beruflich ...« Sie nagte an der Unterlippe. »Na schön. Lassen Sie mich raten. Dann ... dann sind Sie wahrscheinlich ... ein Rechtsanwalt.«

Während sie sprach, hatte er sich behaglich in einen Sessel gesetzt und die Beine auf das gegenüberstehende gepolsterte Fußteil gelegt.

Vivian rutschte vom Schreibtisch und kam ihm nach. Irgendwie paßte es ihr nicht, daß dieser elegante, toll aussehende Mann sie nicht wollte. Es paßte ihr sogar ganz und gar nicht. Deshalb beschloß sie, einen neuen Versuch zu starten. Schließlich hatte er hundert Dollar gezahlt, und sie wollte die entsprechende Gegenleistung erbringen.

»Ein Rechtsanwalt«, wiederholte Edward amüsiert, während Vivian sich auf den Fußteil seines Sessels setzte und anfing, seine Beine zu streicheln. »Wie kommen Sie denn auf die Idee?«

Sie warf ihm einen funkelnden Blick unter halb gesenkten Wimpern hervor zu. »Sie haben diese trokkene, langweilige Ausstrahlung.«

Peng! Das hatte gesessen! Vivian sah, wie er ärgerlich den Mund verzog. »Ich vermute, Sie kennen eine Menge Anwälte.«

»Hm ...«, machte sie und strich mit den Fingerspitzen über die Innenseiten seiner Beine. Ihr Lächeln war ausgesprochen zweideutig. »Mir sind schon viele untergekommen.«

Edward beugte sich vor, und Vivian erwartete nichts anderes, als daß er sie nun endlich küssen würde, da ertönte das Glockenspiel an der Tür der Hotelsuite, und Vivian wandte überrascht den Kopf. »Wer ist das?«

Auch Edward war ein Moment lang verwirrt, allerdings weniger wegen der Türglocke. »Der Champagner«, sagte er nach kurzem Nachdenken.

»Oh, wie nett!« Vivian stand auf. »Dann werde ich mich mal ein bißchen nützlich machen. Ich öffne die Tür.«

Er sah ihr nach, wie sie hinausging, und diesmal lag in seinen Augen eindeutig erotisches Interesse.

Es klingelte zum zweiten Mal, und Vivian riß in der Diele schwungvoll die Tür auf. Draußen stand ein Zimmerkellner mit einem Silbertablett, auf dem sich eine zugedeckte Schale und eine Flasche Champagner in einem ebenfalls silbernen, mit Eiswürfeln gefüllten Sektkühler befanden.

»Guten Abend«, sagte der Kellner höflich, und Vivian nickte ihm mit einem freundlichen »Hallo« zu. Sie schloß hinter ihm die Tür und folgte ihm in den Livingroom.

Der Kellner blieb stehen und blickte Vivian fragend an. »Wo möchten Sie es hinhaben?«

»Wo möchten Sie es hinhaben?« gab sie die Frage an Edward weiter, während der Zimmerkellner fasziniert auf ihre nackte Taille starrte.

»Am liebsten an der Bar«, erwiderte Edward.

»Sehr wohl.« Der Kellner riß sich von dem verlokkenden Anblick los und ging zur Bar, gefolgt von Vivian. Nachdem er sein Tablett abgestellt hatte und sich umwandte, wäre er fast mit ihr zusammengeprallt.

»Oh, entschuldigen Sie«, sagte sie lächelnd und wollte ihm Platz machen. Der Kellner wich in dieselbe Richtung aus, so daß er wieder nicht an ihr vorbeikonnte. Vivian kicherte, ehe sie ein paar Schritte beiseite trat.

»Ich setze es auf die Rechnung, Mister Lewis«, erklärte der Kellner und blieb wie angewurzelt stehen. Er blickte erst Edward, dann wieder Vivian an.

Sie runzelte die Stirn. »Was starren Sie denn so?«

Ein Räuspern war die einzige Antwort, und Vivian blickte hilfesuchend zu Edward. »Was starrt er denn so?«

Der begriff endlich und zog seine Geldbörse aus der Tasche. »Ach ja, richtig. Das ist für Sie. Und vielen Dank.«

Er drückte dem Kellner ein Geldstück in die Hand, der sich sofort verneigte und zur Tür wandte. »Vielen Dank. Schönen Abend noch.«

»Ihnen auch«, sagte Edward mit einer Spur Ungeduld.

Vivian schüttelte über sich selbst den Kopf, nachdem der Zimmerkellner gegangen war. »Ach, zu dumm, ich hab das Trinkgeld vergessen.«

Edward winkte ab und ging zur Bar. »Nicht weiter tragisch.«

Sie machte ein paar Schritte durch das Zimmer und schlenkerte mit den Armen. »Ich zieh' die Stiefel aus. Was dagegen?«

»Nicht das geringste«, erwiderte er, während er zwei Champagnergläser auf die Bartheke stellte und die Flasche aus dem Kühler nahm.

Vivian setzte sich auf eine der beiden Stufen, die den Wohnraum von der Diele trennten, und zog den Reißverschluß des einen Stiefels hinunter. »Haben Sie eigentlich 'ne Frau? Oder eine Freundin?«

»Ich habe beides«, erklärte er und löste die Silberfolie vom Korken.

Vivian ließ den ersten Stiefel auf den Boden fallen. »Wo sind die denn? Machen sie gerade zusammen Shopping?« Sie kicherte und öffnete den zweiten Stiefel.

»Meine Ex-Frau«, erklärte Edward betont, während der Champagnerkorken mit einem leisen ›Plopp‹ aus der Flasche flog, »ist in meinem Ex-Haus in Long Island mit meinem Ex-Hund. Meine Ex-Freundin – Jessica – lebt in New York.« Er schenkte die Champagnergläser voll. »Während wir beide hier miteinander reden, zieht sie gerade aus meinem Apartment aus.«

Er brachte Vivian ein Glas und stellte es neben sie auf die Treppe. Dann kehrte er zur Bar zurück, um die Schale zu holen, die der Kellner mit dem Champagner serviert hatte.

Vivian hatte den zweiten Stiefel und ihre Strümpfe ausgezogen und griff nach ihrem Glas. Erstaunt sah Edward zu, wie sie es mit einem Zug über die Hälfte leerte, als enthielte es Mineralwasser. Er nahm den

Deckel von der Schale und hielt sie Vivian hin. »Versuchen Sie doch dazu eine Erdbeere.«

»Warum?« fragte sie verwundert, und er erklärte ihr, daß Erdbeeren den feinen Geschmack des Champagners unterstützten.

Vivian beäugte die Früchte. »Oh, giftig ...«, murmelte sie anerkennend. Dann nahm sie eine besonders große Erdbeere heraus, biß ein Stück ab und schlürfte den Champagner ziemlich geräuschvoll hinterher. »Hmmm, nicht übel. Trinken Sie nichts?«

»Nein.« Edward setzte den Deckel wieder auf die Schale und stellte sie auf die Bar.

Vivian betrachtete ihre halb gegessene Erdbeere und das leere Champagnerglas. »Ehrlich gesagt, es gefällt mir ganz gut, wie Sie den Verführer spielen. Aber das ist völlig unnötig. Die Uhr tickt, außerdem ist Zeit Geld, und wir sind uns doch schon einig. Wollen wir nicht mal anfangen?«

Er hatte sich auf den Barhocker gesetzt. »Irgendwie habe ich das Gefühl, daß Sie unter einem sehr großen Zeitdruck stehen.«

Vivian nickte stumm, und er fuhr fort: »Ich glaube, ich sollte diese Last von Ihnen nehmen.«

»Genau das meine ich!« rief sie erleichtert.

»Was kostet die ganze Nacht?« fragte er entschlossen, und sie fuhr zu ihm herum. Aber im nächsten Moment bemühte sie sich, so nonchalant wie möglich zu wirken.

»Die ganze Nacht?« Sie überlegte und lachte. »So viel Geld hast du nicht.«

»Wer sagt dir das?« fragte er ruhig, und sie entschloß sich, alles auf eine Karte zu setzen. Mehr als nein sagen konnte er nicht – und immerhin, hundert Dollar hatte sie ja schon.

»Ich koste dreihundert Dollar.«

Edward verzog keine Miene. »Dreihundert? Das kann ich mir gerade noch leisten.« Er glitt vom Barhocker und kam wieder zu ihr, um ihr leeres Glas zu nehmen. Vivian starrte mit halb offenem Mund zu ihm hoch, und er grinste. »Vielen Dank. Nun können wir uns entspannen.«

Während er ihr Champagner nachschenkte, sprang sie plötzlich auf. »Ich bin gleich wieder da!« rief sie, während sie sich ihre Tasche schnappte und nach dem Badezimmer suchte. Es hatte zwei Türen, eine, die von der Diele abging, während die andere ins Schlafzimmer führte.

Vivian betrat das luxuriöse Marmorbad mit den vergoldeten Armaturen von der Diele aus. Sie wusch sich die Hände und trocknete sie an einem der flauschigen Badetücher ab. Dann fischte sie eine kleine Schachtel aus ihrer Tasche. »Dein Champagner hat es ja wirklich in sich«, rief sie nach draußen.

»Ich hab nicht verstanden. Was hast du gesagt?«

Sie fuhr erschrocken herum, als Edward plötzlich in der zweiten Tür auftauchte, und versteckte in einem instinktiven Reflex die kleine runde Schachtel hinter ihrem Rücken. Er sah es im Spiegel.

»Ich ... oh, ich hab nur gesagt, ich bin gleich wieder da«, erwiderte sie mit einem nervösen Lächeln.

Er musterte sie mit plötzlichem Mißtrauen. »Was ... was hast du da? Was versteckst du hinter deinem Rükken?«

»Gar nichts«, versicherte sie verlegen.

Seine Miene verfinsterte sich noch mehr. Er war mit zwei schnellen Schritten bei ihr und nahm ihre Tasche, die auf der Ablage vor dem Spiegel stand.

»Damit eins klar ist: Ich hab was gegen Drogen. Nimm deine Sachen, dein Geld und verschwinde hier!«

»So 'n Quatsch!« verwahrte sie sich aufgebracht, während er sie unsanft zur Tür schieben wollte. »Ich nehme keine Drogen. Ich hab damit aufgehört, als ich vierzehn war.«

Er griff nach ihrem Arm, den sie immer noch auf dem Rücken hielt. »Und was ist das?« fragte er zornig, drückte ihre Finger auseinander und nahm ihr die kleine Schachtel weg. Verblüfft betrachtete er erst die Aufschrift auf dem Deckel, dann den Inhalt. »Gute alte Zahnseide ...«

»Ich hab doch Erdbeeren zwischen den Zähnen.« Vivians Stimme klang trotzig. »Und seine Zähne soll man immer pflegen.«

Edward drückte ihr die Schachtel wieder in die Hand. »Tut mir leid«, sagte er ehrlich und wunderte sich selbst, daß er dermaßen erleichtert war. »Wirklich leid.«

Er betrachtete Vivian mit einem undefinierbaren Augenausdruck und machte keine Anstalten, das Bad zu verlassen.

»Was ist?« fragte sie gereizt. »Willst du etwa zusehen?«

Erst jetzt merkte er, daß er noch ihre Tasche in der Hand hielt, und gab sie ihr rasch zurück.

»Danke«, murmelte sie immer noch gekränkt und stellte sie wieder auf die Ablage.

Edward zögerte. »Es gibt nicht sehr viele Menschen, die mich noch überraschen können ...«

Ihr Gesicht verschloß sich. »Bei mir ist es genau umgekehrt. Die meisten Menschen erschrecken mich.« Sie öffnete die Schachtel mit der Zahnseide und sah im Spiegel, daß Edward immer noch in der Tür lehnte. »Du siehst mir ja doch zu«, fuhr sie auf.

Er lächelte. »Ich bin schon draußen.«

Es wurde ein absolut verrückter Abend, fand Vivian. Der seltsamste und verrückteste, den sie jemals erlebt hatte.

Edward hatte für sie den Fernseher eingeschaltet, während er wieder an seinem Schreibtisch saß, sich mit seinen Briefen und irgendwelchen geschäftlichen Unterlagen befaßte und zwischendurch telefonierte.

Vivian saß auf dem weißen Langflorteppich, trank Champagner und stopfte Nüsse in sich hinein. Über den Bildschirm flimmerte eine Folge von ›I Love Lucy‹, und Vivian amüsierte sich königlich, als die Hauptdarstellerin mit gerafften Röcken, unter denen eine weite Pumphose zum Vorschein kam, in einem kleinen Bottich wie wild von einem Fuß auf den anderen trat, während eine Italienerin sich anschickte, ein riesiges Traubenfaß zu erklimmen, um darin mit den Füßen die Weintrauben zu zerstampfen.

Der Raum war dunkel bis auf die kleine Lampe auf dem Schreibtisch, an dem Edward saß und arbeitete. Im Moment telefonierte er mit Vance, seinem Mitarbeiter, während er ab und zu einen Blick zu Vivian hinüberwarf, die laut und herzlich wie ein Kind lachte.

»Ja, das kann schon sein, Vance«, sagte Edward ins Telefon. »Ich weiß. Aber ich brauche trotzdem genaue Zahlen über Morse Industries.«

Wieder lachte Vivian und übertönte fast das eingeblendete Gelächter von den Zuschauern der Serie.

»Die aus London habe ich«, fuhr Edward fort. »Aber

mir fehlen noch die aus Tokio. Ich ruf' nachher noch mal an und laß sie mir durchgeben. Vielen Dank.«

Er legte auf und drehte sich in seinem Stuhl wieder zu Vivian um. Vor ihr ausgebreitet auf dem Teppich waren alle möglichen Knabbereien und Getränke, die Edward für sie aus der Bar geholt hatte. Sie spürte seinen Blick und lächelte ihm zu.

»Ein nettes kleines Picknick. Willst du wirklich nichts trinken?«

»Ich bin ein Workaholic, siehst du das nicht?« Er machte sich ein paar Notizen, und Vivian wandte ihre Aufmerksamkeit wieder dem Bildschirm zu.

Inzwischen war Lucy ebenfalls in das große Traubenfaß geklettert und strampelte mit allerlei verrückten Grimassen darin herum, während die italienische Bäuerin ihr mißbilligend zuschaute, und Vivian wollte sich ausschütten vor Lachen.

»Ich hab diese Episode noch nie gesehen«, erklärte sie und drehte sich auf den Bauch.

Edward lachte leise, aber weniger über die Ereignisse auf dem Bildschirm als über Vivians Begeisterung. Schließlich stand er auf und ging zu ihr. Er setzte sich in einen Sessel neben sie und legte die Beine auf einen zweiten gegenüber.

Nach einer Weile berührte Edward sanft mit den Fingerspitzen Vivians Rücken. Sie schien es gar nicht zu bemerken, sondern lachte wieder über Lucys Grimassen, mit denen sie deren Herumstampfen begleitete.

Edward fuhr fort, sie zu streicheln, und endlich sah sie auf. Ihr Lachen verstummte, und sie betrachteten einander schweigend. Vivian sah die Wärme in Edwards Augen und spürte, wie sie auf sie übersprang.

Unklar fühlte sie, daß in dieser Nacht und mit diesem Mann alles auf irgendeine unerklärliche Weise anders war als sonst. Anders – und schöner.

Langsam richtete sie sich auf, stützte sich mit den Händen ab und kam auf die Knie. Ohne aufzustehen, rutschte sie zu Edwards Sessel und legte die Hände auf seine Füße. Als er nichts sagte, sondern sie nur ansah, glitt sie mit den Fingern unter seine Hosenbeine und strich langsam höher, bis hinauf zu seinen Schenkeln.

Der Fernseher lief noch, und Lucy rannte unter dem Gelächter der Zuschauer in dem großen Traubenfaß herum. In der Mitte stand die Italienerin und sah ihr sprachlos zu.

Vivian warf nur einen kurzen Blick auf den Bildschirm, dann wandte sie sich wieder Edward zu. Er atmete rascher, während sie ihn berührte, und Vivian lächelte. Es sah verführerisch und sogar ein wenig zärtlich aus.

Sie ließ ihn nur einmal los, um ihr trägerloses Oberteil nach unten zu ziehen. Zusammen mit dem Rock streifte sie es ab. Der Hüftgürtel aus schwarzer Spitze folgte. Vivian trug jetzt nur noch einen Slip und BH.

Für einen kurzen Augenblick beugte sie sich nach vorn und legte das Gesicht in Edwards Schoß. Dann stand sie auf, um ein Kissen von der Couch zu holen. Sie warf es vor Edward zu Boden und kniete sich darauf. Von einem kleinen Tischchen angelte sie nach der Fernbedienung des Fernsehers und schaltete den Ton ab. Als sie dabei noch einmal zum Bildschirm blickte, warf die Italienerin Lucy gerade eine Handvoll zerstampfter Trauben ins Gesicht. Vivian kicherte, aber dann galt ihre ganze Aufmerksamkeit nur noch Edward.

Er stöhnte leise, als sie von neuem begann, ihn zu streicheln. Während sie das Kissen geholt hatte, hatte er gesehen, wie phantastisch sie gewachsen war, mit schmaler Taille, sanft gerundeten Hüften und festen, hoch angesetzten Brüsten. Sie war sehr schlank, aber nicht mager und ihre Haut makellos.

Langsam, noch immer mit diesem verführerischen, zärtlichen Lächeln begann Vivian, Edwards Krawatte zu lösen. Ihre Augen wirkten dunkel und ein wenig geheimnisvoll in dem schwachen Licht, das der Fernseher und die Schreibtischlampe ausstrahlten.

Als Edward über ihr Haar strich, fühlte es sich irgendwie seltsam unter seinen Fingern an, fand er, ohne recht zu wissen, warum. Er nahm die Hand wieder zurück und berührte statt dessen Vivians Hals und ihre Schultern.

Sie hatte inzwischen seine Krawatte aufgebunden und warf sie auf den Teppich. Dann fing sie an, sein Hemd aufzuknöpfen. Als es offen war, glitten ihre Finger mit sanften, aufreizenden Bewegungen über seine Brust, wanderten allmählich tiefer zu seinem Gürtel, öffneten ihn und zogen den Reißverschluß hinunter.

Sie spürte Edwards Verlangen und drückte ihn tiefer in den Sessel zurück. Dann richtete sie sich auf, um ihm in die Augen zu sehen, und fragte mit leiser, verschleierter Stimme: »Wie willst du mich?«

»Was machst du?« fragte er ebenso leise zurück, und sie erwiderte:

»Was du willst. Aber ich küsse dich nicht auf den Mund.«

»Ich auch nicht ...«

Ein kleines Lächeln glitt über ihr Gesicht und nahm

ihm die Anspannung. Sie glitt tiefer, und Edward spürte ihren warmen Atem auf seiner Haut. Sie liebkoste seinen Bauch mit Lippen und Zunge, während sie seine erregte, pochende Männlichkeit mit den Händen umfaßte.

Nur einmal noch hob sie den Kopf, um Edward zuzulächeln, bevor sie erneut das Gesicht senkte und ihn diesmal mit ihren Lippen umschloß.

5

Am nächsten Morgen war Edward schon sehr zeitig auf. Er hatte noch lange in der Nacht gearbeitet und Vivian sein breites Bett überlassen, in dem sie, zusammengerollt wie ein junger Hund, das Gesicht in den Seidenkissen vergraben, schlief.

Ihre blonde Perücke hing neben ihren Kleidungsstücken an einer Stuhllehne. Edward hatte sie schon in der Nacht entdeckt, als er nach dem Duschen noch einmal ins Schlafzimmer gekommen war, und sich daran erinnert, wie merkwürdig sich Vivians Haare unter seinen Fingern angefühlt hatten. Jetzt hatte er die Erklärung dafür.

Neugierig war er näher ans Bett gekommen und hatte die Schlafende betrachtet. Ihr eigenes Haar war rot und voll und mußte ihr weit über die Schultern reichen. Es gefiel Edward. Einen Augenblick lang hatte er überlegt, ob er sich zu ihr ins Bett legen sollte, aber dann war er auf Zehenspitzen in den Wohnraum hinübergegangen.

Jetzt, am Morgen, hatte Edward einen seidenen Morgenmantel an, hatte bereits eine Kleinigkeit gefrühstückt sowie ein weiteres Frühstück für Vivian bestellt und telefonierte mit seinem Freund und Anwalt Philip Stuckey.

Der Zimmerkellner deckte im Speisezimmer für Vivian den Tisch.

Natürlich drehte sich Edwards Telefonat wieder um Morse Industries. Er war nach Kalifornien gekommen, um das Unternehmen aufzukaufen, das sich in erheblichen finanziellen Schwierigkeiten befand, und er wollte dieses Geschäft unbedingt innerhalb einer Woche zum Abschluß bringen.

Philip Stuckey sah die Sache nicht so optimistisch. »Jim Morse wird dir seine Firma nicht kampflos überlassen«, meinte er, und Edward nickte. Das hatte er auch nicht erwartet.

»Er managt die Firma schon sein Leben lang«, sagte er. »Ich glaube kaum, daß er sich so ohne weiteres verdrängen läßt.«

»Er will sich unbedingt mit dir zu einem Gespräch treffen«, berichtete Stuckey weiter.

»Okay«, stimmte Edward sofort zu, und Philip erhob vergeblich dagegen Einwände. Edward war entschlossen, sich mit Jim Morse noch an diesem Abend zum Dinner zu verabreden.

Während des Telefonats, das er diesmal von einem drahtlosen Telefon aus führte, war er ins Speisezimmer gekommen und hatte dem Zimmerkellner die Frühstücksrechnung abgezeichnet.

Philip versuchte noch immer, seinen Freund und Boß von einem privaten Zusammentreffen mit Mr. Morse abzubringen.

»Geh jedenfalls nicht allein«, beschwor der Anwalt ihn. »Ich sage dir, er ist ein raffinierter alter Gauner. Wenn wir nicht höllisch darauf achten, was wir sagen, landen wir noch vor Gericht.«

»Sicher. Ich rechne grundsätzlich mit der Möglichkeit, daß etwas schiefgeht«, sagte Edward unbeeindruckt. »Deswegen macht es ja auch so viel Spaß.«

Er beobachtete, wie Vivian in einem hoteleigenen Bademantel in der Tür zum Wohnraum erschien. Sie erblickte ihn im Speisezimmer und zögerte, ihn bei seinem Telefonat zu stören.

»Ach ja, ich muß dir noch etwas über dein Auto sagen ...«, begann Edward ein bißchen scheinheilig, und Phil stöhnte entsetzt auf.

»Ich hab's geahnt!«

Edward setzte sich an den Frühstückstisch. »Es liegt in der Kurve wie auf Schienen.«

»Was? Was soll denn das heißen?« erkundigte Philip sich mißtrauisch. Und als Edward schwieg, rief er voller Panik in den Hörer: »Antworte!«

Aber Edward lachte nur und beendete das Gespräch.

Er verstaute das drahtlose Telefon in seinem Aktenkoffer, der geöffnet auf dem Tisch stand, und griff nach dem Wall Street Journal.

Vivian hatte unterdessen im Wohnzimmer die Speisekarte des Zimmerservices studiert, die der Kellner dort zurückgelassen hatte. Als sie merkte, daß Edward nicht mehr telefonierte, kam sie an die Tür. »Guten Morgen«, sagte sie befangen.

Er blickte kurz von seiner Zeitung auf. »Guten Morgen.«

Mit einem beinahe schüchternen Lächeln deutete Vivian auf ihre Haare, die ihr tatsächlich bis über die Schultern fielen. »Sie sind rot ...«

Edward nickte. »Gefällt mir besser.« Dann vertiefte er sich wieder in seine Zeitung.

»Du ... du hast mich nicht geweckt, und ich seh',

daß du viel zu tun hast«, setzte Vivian unsicher an. »Also verschwinde ich gleich.«

Er winkte ab. »Nein, ist nicht nötig. Hast du Hunger? Bestimmt hast du Hunger. Komm, setz dich und iß was.«

Er war aufgestanden, um ihr einen Stuhl zurechtzurücken. Dann deutete er auf zwei große zugedeckte Platten neben ihrem Frückstücksgedeck. »Ich ... ich hab mir die Freiheit genommen, alles zu bestellen, was auf der Karte steht. Ich wußte ja nicht, was du magst.«

Er deckte die Platten auf. Auf der einen befanden sich Rühreier mit Schinken, auf der anderen waren Pasteten mit Erdbeeren angerichtet.

»Danke«, sagte Vivian und lächelte zu ihm hoch.

»Okay.« Er legte die schweren Silberdeckel zur Seite. »Gut ...«

Ohne sich zu setzen, nahm sich Vivan ein Croissant aus dem Körbchen in der Mitte des Tisches, biß hinein und schlenderte damit durch die offenstehende Tür auf die große Dachterrasse. Edward sah ihr nach.

»Hast du gut geschlafen?«

»Ja, viel zu gut«, antwortete sie mit vollem Mund. »Ich hab ganz vergessen, wo ich bin.«

Er hatte seinen Terminkalender aus dem Aktenkoffer genommen und trug etwas darin ein. »Ein Berufsrisiko?« erkundigte er sich.

Sie kam ins Speisezimmer zurück und setzte sich vor ihn auf die Tischkante. »Ja«, gab sie lachend zu und betrachtete ihn angelegentlich. »Hast du denn geschlafen?«

Er hörte auf zu schreiben und sah sie an. »Ein wenig, nebenan auf der Couch. Ich mußte noch ein paar Sachen durcharbeiten.«

Vivian nickte und gestikulierte lebhaft mit ihrem halb aufgegessenen Croissant herum. »Du schläfst nicht, du nimmst keine Drogen. Und du trinkst nicht ... Du ißt auch nichts«, fügte sie mit einem Blick auf seinen kaum angerührten Teller hinzu. »Was machst du eigentlich? Eins ist klar: Du bist kein Rechtsanwalt.«

Er lachte. »So ist es. Da stehen übrigens vier Stühle. Setz dich doch.«

Gehorsam rutschte sie vom Tisch und nahm auf einem der Stühle Platz, während er erneut nach seinem Wall Street Journal griff.

Wieder betrachtete sie Edward und hakte nach: »Was machst du also?«

»Ich kaufe Firmen«, erklärte er einfach.

»Und darf ich mal fragen, was das für Firmen sind?«

»Im allgemeinen sind das Firmen, die in finanziellen Schwierigkeiten stecken.«

Vivian nahm den Finger, tauchte ihn in die Butterdose und tat ein Klümpchen Butter auf den Rest ihres Croissants, während Edward die Zeitung durchblätterte.

»Wenn die Probleme haben, bekommst du sie für einen Spottpreis«, meinte sie.

»Möglich. Der Betrieb, den ich diese Woche kaufen will, kostet den Spottpreis von einer Milliarde.«

Hastig steckt Vivian den letzten Bissen ihres Croissants in den Mund und verschluckte sich fast. »Eine Milliarde Dollar«, muffelte sie undeutlich, und er bestätigte es amüsiert.

»Wow!« Sie schluckte ihren Bissen hinunter. »Du mußt ein ziemlich kluger Typ sein, was? Ich hab nach der zehnten Klasse aufgehört. Und wie lange bist du zur Schule gegangen?«

»Ich hab sogar das Studium beendet.«

Sie hatte inzwischen nach einem Pfannkuchen gegriffen und hineingebissen. Wieder sprach sie mit vollem Mund. »Ich wette, deine Familie ist mächtig stolz auf dich, stimmt's?« Sie grinste und aß weiter, während Edward ihr seltsamerweise auf diese Frage keine Antwort gab.

Statt dessen versuchte er, Vivian in groben Zügen zu erklären, wie seine Geschäfte abgewickelt wurden. Während sie sich Kaffee einschenkte und sich nach zwei Pfannkuchen noch über die Rühreier mit Schinken hermachte, ging er in den Ankleideraum neben dem Bad, um sich anzuziehen.

Wieder wählte er einen korrekten dunkelgrauen Anzug mit Weste und Seidenhemd, dazu schwarze italienische Schuhe. Dann suchte er eine passende, dezent gemusterte Krawatte heraus und stellte sich vor den Spiegel, um sie umzubinden.

Vivian hatte inzwischen ihr Frühstück beendet und kam ihm nach. »Also, ich verstehe«, sagte sie. »Du selber hast gar keine Milliarde Dollar. Oder?«

»Nein. Der Kauf wird finanziert von Banken, Privatinvestoren ... Ist nicht einfach.«

Sie setzte sich auf den kleinen Tisch vor dem Spiegel und sah zu, wie er sich mit dem Krawattenknoten abmühte. »Also du produzierst nichts, und du baust auch nichts«, faßte Vivian zusammen, was sie bis jetzt von seinen Geschäften begriffen hatte. »Und was geschieht, nachdem du eine Firma gekauft hast?«

»Ich verkauf' sie wieder«, erklärte er. Er hatte inzwischen den Krawattenknoten geschlungen, aber er gefiel ihm nicht. Kopfschüttelnd machte er ihn wieder auf.

Vivian stand auf. »Laß mich das machen.« Während sie geschickt die Krawatte band, kam sie auf ihr vorheriges Thema zurück. »Also du verkaufst sie.«

»Praktisch ist es so: Ich verkaufe nicht das ganze Unternehmen, sondern einzelne Betriebe, und dadurch vergrößert sich mein Gewinn.«

Sie zog seinen Krawattenknoten stramm. »Genauso machen es die Autodiebe. Erst klauen sie ein Auto, und dann verscherbeln sie es stückchenweise.«

»Ja, so ungefähr. Aber legal!« fügte Edward betont hinzu.

Vivian grinste, während sie über seine Krawatte strich. »So sieht ein perfekter Knoten aus«, meinte sie zufrieden.

Edward betrachtete sein Spiegelbild. »Nicht übel. Gar nicht übel. Wo hast du denn das gelernt?«

Sie tauchte unter seinen Armen hindurch und betrachtete ihn gleichfalls im Spiegel. »Verrate ich dir. Ich hab bei uns zu Hause mit allen Banklehrlingen geschlafen.«

Er drehte sich abrupt zu ihr um, und sie sah das Unbehagen in seinem Blick. Erfreut, weil sie ihn reingelegt hatte, griff sie nach seinem Anzugjackett, um ihm hineinzuhelfen. »Ich hatte 'n netten Großvater, der hat's mir gezeigt. Der trug sonntags immer Krawatten.«

Edwards Miene glättete sich, während Vivian ein imaginäres Stäubchen von seiner Schulter putzte. »Was dagegen, wenn ich in deiner Wanne noch 'ne Runde schwimme, bevor ich gehe?« fragte sie gewollt burschikos, weil ihr klar wurde, daß er gleich das Hotel verlassen und sie ihn dann nicht mehr wiedersehen würde.

»Überhaupt nicht. Aber bleib bei den Nichtschwimmern.« Er wandte sich zur Tür, weil das Telefon in seinem Schlafzimmer klingelte. Es war Phil Stuckey, der ihm ausrichtete, daß Jim Morse dem Treffen mit Edward zum Dinner zugestimmt habe. Allerdings wollte der Chef von Morse Industries seinen Enkel mitbringen.

»Der soll wohl die Firma übernehmen«, fügte der Anwalt geringschätzig hinzu.

Während er telefonierte, holte Edward die Codekarte für seine Suite aus dem Anzug, den er gestern getragen hatte, und steckte sie in die Tasche. »Ah ja. Ein sehr energischer junger Mann. Er heißt David und spielt Polo.«

»Ich kann mich nur wiederholen«, sagte Philip verdrossen. »Es ist keine gute Idee, allein dort hinzugehen.«

Aus dem Badezimmer hörte man Wasser rauschen und Vivian singen. Mit heller, kieksender Stimme versuchte sie, Prince zu imitieren. »I just want your extra time ...«

Edward nahm das Telefon und ging damit zum Badezimmer. Während Philip am anderen Ende der Leitung auf ihn einredete, öffnete Edward die Tür einen Spalt und spähte hinein.

»Ich halte es für besser, wenn du in netter Begleitung erscheinst«, sagte Philip. »Das gibt dem Treffen einen freundschaftlichen Anstrich.« Er lachte. »Bist du noch dran?« erkundigte er sich dann. »Hörst du mir überhaupt zu?«

Edward hatte ihm keine Antwort gegeben, weil er viel zu beschäftigt gewesen war, Vivians Gesang zuzuhören und sie zu betrachten, wie sie in der riesigen Wanne lag.

Sie badete in einer wahren Schaumorgie. Nur ihr Kopf schaute heraus. Sie hatte die Kopfhörer eines Walkmans übergestülpt und sang mit geschlossenen Augen, selbstvergessen und laut den Song von Prince mit, der gerade gespielt wurde.

Edward stieß die Badezimmertür noch ein Stück weiter auf und kam mit dem Telefon herein, ohne daß Vivian ihn bemerkte. »Ja, ja, ich bin noch da«, sagte er ins Telefon.

»If you want to impress me ...«, sang Vivian, und Philip hörte es.

»Was ist denn das für ein Gejaule?« fragte er nervös.

»Das Zimmermädchen singt«, erklärte Edward geistesgegenwärtig.

»Oh, got to be too flirty, mama,

I know how to undress me ...«, schmetterte Vivian, und Philip versuchte, sie zu übertönen.

»Hör zu, ich kenn' einige nette Mädchen ...«

»Das ist nicht wahr«, unterbrach Edward ihn spöttisch, während er immer noch Vivian betrachtete, die fröhlich wie ein Kind in ihrem Schaumbad herumplanschte und weitersang.

»I just want your extra time and your ...« Mit gespitzten Lippen schmatzte sie ein paar Küsse in die Luft. »Your kiss!«

»Außerdem hab ich schon eines«, fügte Edward, an Philips Adresse gerichtet, hinzu. Er merkte gar nicht, wie verändert seine Stimme plötzlich klang, beinahe zärtlich.

Er ging um die Badewanne herum, das Telefon immer noch am Ohr. Sein Ton wurde wieder geschäftsmäßig. »Konzentriere dich auf Morse. Ich muß wissen, was er vorhat. Ich bin schon unterwegs.«

Damit stellte er den Apparat auf einer Marmorablage ab und setzte sich auf den Wannenrand.

»I want to be your fantasy«, sang Vivian immer noch mit geschlossenen Augen. »Well, may be you could be mine.«

Plötzlich aber, als spüre sie Edwards Anwesenheit, öffnete sie die Lider und blickte ihn ein bißchen erschrocken an. Doch als er leise lachte, entspannte sie sich wieder und stimmte in sein Lachen ein.

Sie nahm den Kopfhörer ab, während Edward mit dem Finger kleine Kreise in dem schaumigen Wasser beschrieb, und legte ihn auf den Wannenrand.

»Ich steh' auf Prince. Du nicht auch?«

»Mehr als auf alles andere«, behauptete er kühn, und sie runzelte die Stirn.

»Klopfst du nie an?«

Er holte tief Luft. »Vivian, ich möchte dir ein Angebot machen.«

Sie sah erstaunt zu ihm hoch. »Was für ein Angebot?«

»Ich bin bis Sonntag in der Stadt. Willst du nicht die ganze Woche mit mir verbringen?«

Ihre Augen wurden groß. »Wirklich?«

»Ja. Ich möchte dich gern als meine Begleiterin einstellen. Eine Woche. Hältst du die mit mir aus?«

Sie lachte, und er fuhr fort: »Ich bezahl' dich, daß du auf Abruf bereitstehst.«

Als könne sie sein Angebot immer noch nicht fassen, schüttelte sie den Kopf. »Natürlich nehm' ich deinen Wahnsinnsvorschlag an und werde deine Begleiterin. Aber du bist doch ein gutaussehender, reicher Mann. Du kannst alle Frauen umsonst haben.«

»Ich weiß Profis zu schätzen«, erwiderte er trocken.

»Mit Amateuren hatte ich in letzter Zeit nur Schwierigkeiten.«

Sie studierte seinen Gesichtsausdruck und begriff, daß er es tatsächlich völlig ernst meinte. Im nächsten Moment setzte sie eine kühle, geschäftsmäßige Miene auf.

»Wenn ich dir vierundzwanzig Stunden am Tag zur Verfügung stehe, wird das teuer.«

Er grinste und stand auf. »O ja, natürlich. Also schön, nenn mir eine beliebige Zahl. Was verlangst du?«

Vivian blickte in den Badeschaum, während sie in Windeseile überschlug, wieweit sie gehen konnte. »Sechs ganze Nächte – und die Tage dazu ... Viertausend Dollar!« Bei diesen Worten hob sie den Kopf, um Edwards Reaktion zu testen. Er wirkte nun doch ein bißchen geschockt.

»Sechs Nächte zu dreihundert sind bei mir nur tausendachthundert.«

»Du willst die Tage ja auch noch«, konterte sie.

»Dann zweitausend.«

»Nein, dreitausend«, verlangte Vivian störrisch. Ein paar Sekunden lang blickten sie einander an. Dann entspannte sich Edward und lächelte auf sie hinunter. »Einverstanden.«

Vivian klappte der Unterkiefer herunter. Dann quietschte sie begeistert auf. »Na, das ist ja vielleicht 'n Segen! Hach ...« Der Rest ihres Satzes ging im Wasser unter, weil sie die Balance verloren hatte und mit dem Kopf untergetaucht war.

Edward beugte sich über die Wanne, in der nur noch Schaum zu sehen war. »Vivian? Vivian, heißt das ja?«

Statt ihres Kopfes tauchten ihre Knie aus dem Wasser auf und wackelten begeistert. Da griff Edward zu und half ihr, sich wieder aufzusetzen. Ihre Haare und das ganze Gesicht waren voller Schaum.

»Ja«, prustete sie, während sie sich die weißen Flokken aus Mund und Augen wischte. Edward nahm ein Handtuch und half ihr dabei. »Ja, ja«, wiederholte sie glücklich, während sie sich wie eine nasse Katze schüttelte.

Zehn Minuten später war es für Edward höchste Zeit, endlich aufzubrechen. Vivian hatte wieder den hoteleigenen Bademantel übergezogen und ein Handtuch wie einen Turban um die nassen Haare geschlungen.

Edward packte im Livingroom noch einige Papiere in seinen Aktenkoffer. »Ich bin den ganzen Tag unterwegs«, erklärte er, während er seiner Brieftasche einen Packen Dollarnoten entnahm. »Kauf dir was zum Anziehen.«

Vivian warf einen mißbilligenden Blick auf seine gut gefüllte Brieftasche und meinte: »Schaff dir lieber Reiseschecks an, das ist sicherer.«

»Wir gehen möglicherweise abends aus«, fuhr er fort, ohne auf ihren Einwurf einzugehen. »Du brauchst was Passendes.«

»Was denn?«

»Nicht zu schrill ... und nicht zu sexy«, setzte er ihr freundlich auseinander. »Hast du verstanden?«

»Spießig«, sagte sie aufmüpfig, und er verbesserte: »Elegant.« Er grinste. »Kann ich noch was tun?«

Sie stemmte die Hände in die Hüften und lächelte süß. »Kann ich dich Eddie nennen?«

»Nicht, wenn du eine Antwort von mir erwartest.« Er ging ins Speisezimmer und tat das Wall Street Journal in seinen Aktenkoffer. Dann schloß er ihn und wandte sich in Richtung Vorraum. Vivian folgte ihm.

»Ich wäre auch für zweitausend geblieben«, sagte sie, um ihn zu ärgern, und er konterte:

»Ich hätte auch viertausend gezahlt.« Er öffnete die Tür. »Bis heute abend.«

»Baby«, sagte Vivian plötzlich leise, »ich werde so nett zu dir sein, daß du nicht willst, daß ich jemals wieder gehe.«

Er blieb in der offenen Tür stehen und blickte sie nachdenklich an. »Dreitausend – für sechs Tage«, erwiderte er in einem Ton, der keinen Widerspruch zuließ. »Und – Vivian: Ich werde dich gehen lassen.«

Sie senkte den Kopf und schwieg, während er endgültig die Suite verließ und die Tür hinter sich schloß.

Vivian hörte einen Moment auf seine Schritte, die sich auf dem Korridor entfernten. »Das wollen wir erst mal sehen«, sagte sie dann mit einem halben Lächeln.

Sie blickte sich in der luxuriösen Diele um, lief ins Wohnzimmer und brach in Gelächter aus. Sie warf die Arme in die Luft, lachte und tanzte herum. Die Freude über das, was ihr geschehen war, brach sich Bahn. Gestern noch hatte sie nicht gewußt, wie sie ihre Miete bezahlen sollte, und heute ...

Mit lauten Jubelschreien rannte Vivian ins Schlafzimmer und warf sich auf das Bett. »Dreitausend Dollar!« schrie sie übermütig und vollführte fast einen Kopfstand vor Glück. Sie boxte in die Kissen und rollte sich lachend herum, bis sie sich nach einer Weile atemlos und erschöpft wieder aufsetzte.

Sie zog das Telefon vom Nachttisch und stellte es vor sich auf die Bettdecke. Dann wählte sie die Nummer von ihrem und Kits Apartment.

Sie mußte es lange durchläuten lassen, ehe auf der Gegenseite der Hörer abgehoben wurde und Kit sich mit verschlafener Stimme meldete. »Hallo?«

»Ich habe dauernd versucht, dich zu erreichen«, sprudelte Vivian hervor. »Wo hast du gesteckt?«

»Ma?« fragte Kit, die immer noch nicht richtig wach war und die Anruferin, die da so streng fragte, für ihre Mutter hielt.

Vivian nannte ihren Namen, und Kit lachte erleichtert auf. »Ach, du! Ich war auf 'ner Party. Wo steckst du?«

»O Baby, halt dich gut fest. Dieser Kerl mit dem Lotus ... Ich bin in seinem Hotelzimmer in Beverly Hills. Das ist 'n Penthouse. Das Badezimmer ist doppelt so groß wie das ›Blue Banana‹.«

»Mußt du mich damit vollquatschen?« fragte Kit ungnädig. Offensichtlich war sie ein bißchen neidisch. Aber Vivian war viel zu selig, als daß Kit sie hätte bremsen können.

»Er will, daß ich die ganze Woche bleibe. Weißt du, was dabei rausspringt? Rate mal. Ach, darauf kommst du ja doch nicht. Dreitausend Dollar.«

»Red keinen Müll!« sagte Kit entgeistert.

»Ich schwör's dir, dreitausend. Und für Fummel gibt's extra Kohle.«

»Mann, so 'ne Verlade!« schrie Kit, nun hellwach geworden. »Und den hab ich dir ausgesucht! Und der löhnt wirklich dreitausend? Ist der pervers?«

»Nein.«

»Dann ist er häßlich?« fragte Kit, die Edward

gestern gar nicht beachtet, sondern nur Augen für den Lotus gehabt hatte.

»Er sieht toll aus«, erklärte Vivian überzeugt.

»Aber da muß doch 'n Haken sein«, beharrte Kit. Sie ließ sich davon nicht abbringen, sondern erkundigte sich mißtrauisch: »Und? Hat er die Miete schon rausgerückt?«

»Am Ende der Woche«, gestand Vivian, und Kit erklärte triumphierend:

»Ich wußte doch, da ist 'n Haken.«

Vivian hatte sich während des Gesprächs auf dem Bett zurückgelegt. Jetzt setzte sie sich wieder auf. »Er hat mir schon dreihundert für die letzte Nacht bezahlt ... Und Kit, ich möcht' dir was davon geben. Es liegt unten an der Rezeption. Hol's dir dort ab. Ich bin im Regent Beverly Wilshire Hotel. Schreib's dir auf. Schreib's auf, sonst vergißt du es. Ich kenn' dich doch.«

Sie hörte, wie Kit den Namen halblaut wiederholte, während sie ihn sich notierte, und setzte hinzu: »Eine Frage noch: »Wo kauf' ich gute Fummel, egal wie teuer? Er bezahlt.«

»In Beverly Hills?« vergewisserte sich Kit, und als Vivian bejahte, nannte sie ihr die allerteuerste Adresse:

»Oh, auf dem Rodeo Drive, Baby.«

Eine halbe Stunde später verließ Vivian das Penthouse, wieder in ihrem Outfit vom Vortag, allerdings ohne blonde Perücke, sondern mit ihrem eigenen schönen Haar, und fuhr mit dem Lift nach unten. Ihren roten Mantel hatte sie mit den Ärmeln um die Taille geknotet, so daß er eine Art zweiten Rock darstellte, der ihren Mini verdeckte.

Barnard Thompson, der Hotelmanager, befand sich in der Lobby und sprach gerade mit einem italienischen Gast und dessen Frau, einer Dame um die Vierzig, die im Rollstuhl saß.

Mr. Thompson war ein Mann mit warmen brauen Augen, über der Stirn gelichtetem Haar und einem gepflegten Oberlippen- und Backenbart. Und natürlich verfügte er als Manager eines First-Class-Hotels über exzellente Manieren.

Er wandte Vivian den Rücken zu, während er leise mit den Italienern in ihrer Muttersprache redete, und bemerkte deshalb nicht das Aufsehen, das sie wieder einmal erregte.

Ein Page, der eine Vase mit Blumen trug, blieb stehen und gaffte sie an. Und die Hotelangestellte hinter der Rezeption, die heute morgen ihren Dienst angetreten und Vivian deshalb noch nicht gesehen hatte, hatte erhebliche Mühe, nicht allzu erschreckt dreinzuschauen.

Vivian marschierte mit ihren hohen Stiefeln auf sie zu. »Hallo«, sagte sie fröhlich, und die Angestellte – sie hieß Marjorie Wilson – zwang sich zu einem höflich-freundlichen Lächeln.

»Bitte? Was kann ich für Sie tun?«

Vivian legte einen Umschlag auf die Mahagonitheke. »Ich hab 'ne Nachricht. Für Kit de Luca. Die holt sie später ab.«

Miss Wilson nickte und griff nach dem Kuvert. Sie zuckte zusammen, als Vivian ihr im Davongehen noch zurief: »Aber nicht aufmachen!«

»Natürlich nicht«, murmelte Miss Wilson erschüttert. Sie warf einen hilfesuchenden Blick zu ihrem Chef Mr. Thompson hinüber, doch der unterhielt sich immer noch mit seinen Gästen. Erst als Vivian an ihm vorbeiging, blickte er auf, und seine Augen wurden groß und rund.

Mit wiegenden Hüften drängte Vivian sich zwischen ein paar Hotelpagen durch, die gerade diverse Gepäckstücke in die Halle brachten. Der Hotelmanager entschuldigte sich bei den Italienern und ging an die Rezeption.

»Miss Wilson?« fragte er beunruhigt. »Kennen Sie die Lady?«

»Nein«, erwiderte die und verstärkte damit noch seine Besorgnis. Was tat ein solches Mädchen im Regent Beverly Wilshire Hotel?

6

Der Rodeo Drive, wo die Reichen und die Schönen einkauften, lag ganz in der Nähe. Vivian brauchte nur den Wilshire Boulevard und den Dayton Way zu überqueren, um dorthin zu gelangen.

Sie war noch nie hier gewesen und betrachtete staunend die supereleganten Auslagen der Geschäfte und die ebenso eleganten Leute, die über die Gehwege schlenderten, da und dort vor einem Schaufenster stehenblieben oder einen Laden betraten.

Vivians billige Aufmachung fiel hier ebenso auf, wie im ›Blue Banana‹ die teuren Kreationen und der Schmuck der hiesigen Damen Aufsehen erregt hätten.

Aber wenn man sie anstarrte, starrte Vivian so lange zurück, bis der oder die Neugierige den Blick senkte und weiterging. Bei einer besonders Aufdringlichen wirkte das allerdings nicht. Da nahm Vivian ihren Kaugummi aus dem Mund und klebte ihn schwungvoll auf die Schaufensterscheibe eines Juweliergeschäfts. Die Lady wich entsetzt zurück, und Vivian ging lachend weiter.

Eine Woche mit Edward. Eine Woche für dreitausend Dollar. Und außerdem noch einen Packen Geld, um sich auf dem Rodeo Drive ein Kleid zu kaufen! Mochten die Leute sie ruhig angaffen, das tat Vivians Freude keinen Abbruch.

›Luis Vuitton‹ stand über der Tür eines eleganten Ledergeschäfts. Über einem anderen las sie ›Chanel‹ und ein paar Schritte weiter ›Diamonds on Rodeo‹. Und dann ›Gucci‹ ... Die Namen waren Vivian aus einschlägigen Illustrierten ein Begriff, und die Vorstellung, daß sie jetzt in irgendeines dieser berühmten Geschäfte gehen und sich ein Kleid kaufen konnte, berauschte sie förmlich.

Aber sie ließ sich Zeit. Sie betrachtete erst alle möglichen Auslagen und Passagen, staunte die teuer gewandeten Schaufensterpuppen an, betrachtete kopfschüttelnd ein Monopoly-Spiel in einem Juweliergeschäft, auf dessen Spielbrett gebündelte Dollarscheine und Edelsteine lagen, und bewunderte einen Rolls Royce und andere Luxuskarossen, die am Straßenrand parkten.

Ein offener BMW fuhr langsam an ihr vorbei. Der Mann am Steuer telefonierte von seinem Autotelefon aus, und sein kleiner, etwa achtjähriger Sohn tat dasselbe mit einem Spielzeugtelefon.

Vivian lachte kopfschüttelnd in sich hinein und blieb vor dem Schaufenster einer Boutique stehen. Dann gab sie sich einen Ruck und trat entschlossen ein.

Innen war das Geschäft wie ein eleganter Salon eingerichtet, mit Kronleuchtern, Wandlampen und Teppichen. Auf einer seidenbezogenen hellen Couch saß eine Kundin und ließ sich Kleider vorführen. Eine blonde Verkäuferin kümmerte sich um sie.

Eine zweite, etwas ältere stand im Hintergrund und zupfte mit ihren manikürten Fingernägeln ein paar welke Blättchen aus einer Grünpflanze in einem teuren Keramikübertopf. Vivians Eintritt ließ sie aufblicken.

In einer Nacht in Hollywood ... Kit und Vivian warten auf zahlungskräftige Freier.

Für zwanzig Dollar zeigt sie Edward den Weg zum Hotel – für hundert noch viel mehr ...

Was will denn diese zweifelhafte Schönheit im vornehmen Regent Beverly Wilshire Hotel?

»Ich koste dreihundert Dollar für eine Nacht. So viel Geld hast du nicht. Oder etwa doch?«

Ein Schaumbad am Morgen – und ein sagenhaftes Angebot. Dieser Edward muß verrückt sein!

Wie benimmt man sich bloß bei einem vornehmen Dinner? Mr. Thompson erweist sich als rettender Engel.

Vorsicht, Vorsicht! Ein Mann, der nicht nur reich, sondern auch unglaublich liebenswert ist.

Shopping auf dem Rodeo Drive. Edward will aus Vivian eine Lady machen.

Noch hat Vivian keine Ahnung, was sie alles mit Edwards Kreditkarte anfangen kann.

Aber man hat es ihr gezeigt. Aus Vivian ist eine elegante Schönheit geworden.

»Du siehst ganz toll aus!« sagte Edward. »Also hab keine Angst.«

Unentschlossen war Vivian in der Nähe der Tür stehengeblieben. Sie betrachtete die im Laden ausgestellten Kleider und wandte sich schließlich einem Rollständer zu, um die dort hängenden Modelle zu begutachten.

Das berufsmäßig freundliche Lächeln der Verkäuferin verrutschte. Sie überließ die Topfpflanze ihrem Schicksal und kam auf Vivian zu. »Kann ich Ihnen helfen?« erkundigte sie sich säuerlich.

Vivian schüttelte den Kopf. »O nein, ich seh' mich bloß mal um.«

»Suchen Sie etwas Bestimmtes?« Wenn möglich, wurde der Ton der perfekt Gestylten noch um drei Nuancen kühler, und Vivians Hochgefühl löste sich plötzlich in Luft auf.

»Nein, nein ...« Sie betrachtete noch immer die Kleider auf dem Ständer. »Oder doch. Ich ... ich ... brauch' was Bürgerliches.«

Der Blick der Gestylten glitt geringschätzig über Vivians Aufmachung. »Das glaube ich«, sagte sie spitz.

Vivians Aufmerksamkeit wandte sich einer Schaufensterpuppe zu, die im Laden stand. Die Puppe trug ein Ensemble in Weiß und einem hellen Goldbraun. Es gefiel Vivian, und sie trat ein paar Schritte näher. »Sie haben ja scharfe Sachen da. Was kostet dieses Kleid?«

Die Augenbrauen der Verkäuferin glitten fast bis zum Haaransatz. »Ich glaube, das steht Ihnen nicht.«

Allmählich stieg Zorn in Vivian auf. »Moment, ich habe gefragt, was dieses Kleid kostet, und nicht, ob es mir steht.«

Die Verkäuferin wandte sich an ihre jüngere Kollegin. »Marie, was kostet dieses Kleid?« erkundigte sie sich hochnäsig, und die Hellblonde erwiderte:

»Dieses Modell ist unerschwinglich.«

»Dieses Modell ist unerschwinglich«, plapperte die Ältere wie ein Papagei nach.

Vivian wühlte aufgebracht in ihrer Tasche herum, um die Geldscheine herauszuholen, die Edward ihr gegeben hatte. »Das ist mir egal! Ich habe genug Geld«, erklärte sie und hielt den Frauen das zusammengeknüllte Bündel hin.

Die beiden blickten sich schweigend an, dann sagte die eine äußerst tiefgekühlt: »Ich kann mir nicht vorstellen, daß wir etwas für Sie haben. Offensichtlich sind Sie im falschen Geschäft. Bitte, gehen Sie.«

Vivian starrte sie der Reihe nach an und spürte, wie ihr Hitze in die Wangen stieg. Scham und Wut erfüllten sie. Sie hob die Schultern und wandte sich wortlos ab. Erst langsam, dann immer schneller lief sie hinaus.

Draußen auf der Straße zog sie ihren Mantel über und knöpfte ihn trotz der sommerlichen Wärme bis zum Hals zu.

Im Sturmschritt kehrte sie zum Hotel zurück. Zwei Herren standen vor dem Eingang und unterhielten sich. Im Vorübergehen schnappte Vivian ein paar Gesprächsfetzen auf, registrierte auch aus den Augenwinkeln, daß die beiden ihr nachblickten, und ihre Beschämung wuchs. Hastig betrat sie das Hotel und marschierte direkt zu den Aufzügen.

Mr. Thompson, der Manager, sah sie kommen und hielt sie auf. »Entschuldigen Sie, Miss, kann ich Ihnen helfen?« fragte er höflich.

»Ich möchte nur in mein Zimmer«, erwiderte sie. Sie ertrug jetzt keine neugierigen Fragen oder abwertenden Bemerkungen mehr, sondern wollte sich nur wie in einer Höhle verkriechen.

»Haben Sie einen Schlüssel?«

Vivian blieb vor den Aufzügen stehen und blickte erschrocken zu Mr. Thompson hoch. »Oh, dieses Plastikding hab ich vergessen. Ich wohne im obersten Stockwerk.«

»Sind Sie hier Gast?« erkundigte sich der Manager unvermindert höflich.

»Ich begleite einen Freund.«

Sie sah den Unglauben in seinem Blick. »Hm ... und wer ist dieser Freund?«

»Edward«, sagte sie einfach, und Mr. Thompson nickte nun doch ein bißchen spöttisch.

»Aha, Edward.«

»Edward ... Edward ...« Sie stockte und zermürbte sich das Hirn nach seinem Nachnamen. Verflixt, wie hatten ihn die Frau an der Rezeption und der Zimmerkellner gestern abend bloß angeredet?

In diesem Augenblick hielt einer der Fahrstühle, die Türen öffneten sich, und der Liftboy von gestern trat auf den Korridor. Vivian schoß mit einem erleichterten Lächeln auf ihn zu. »Oh, der kennt mich!«

Der junge Mann nickte, und Mr. Thompson winkte ihn heran. »Dennis, hatten Sie eigentlich gestern die Nachtschicht?«

»Ja, Sir.«

»Und kennen Sie diese junge Lady?«

Wieder nickte der Liftboy. »Sie ist mit Mister Lewis hier.«

Vivian atmete auf und klopfte ihm auf die Schulter. »So heißt er. Edward Lewis! Danke, Dennis.«

Mr. Thompson trat noch einen Schritt auf ihn zu und tat, als wolle er Dennis' Uniformkragen richten. Und Dennis zischelte: »Sie sind gestern abend hier zusammen erschienen ...«

Der Hotelmanager nickte und flüsterte zurück: »Ich danke Ihnen.« Dann wandte er sich Vivian zu, die den Lift bereits betreten hatte, und zog sie mit sanfter Gewalt wieder auf den Flur. Vivian fauchte ihn ärgerlich an: »Ach, du lieber Himmel, was ist denn jetzt schon wieder los? Was ist los?«

Sie war laut geworden, aber Mr. Thompson hielt ihren Arm mit unerschütterlicher Freundlichkeit fest.

»Nur mit der Ruhe. Keine Aufregung, alles in Ordnung. Gehen wir in mein Büro und unterhalten uns.«

»Ich komm' ja schon«, maulte Vivian, während Mr. Thompson dem Liftboy verabschiedend zunickte. Dennis blickte den beiden neugierig nach. Er fand, daß Mr. Thompson ausgesprochen nervös wirkte, obwohl es sonst nicht viele Dinge gab, die ihn aus seiner souveränen Ruhe bringen konnten.

In seinem Büro bot der Hotelmanager Vivian Platz an und griff nach einer Gießkanne, um einer Grünpflanze auf einem Beistelltischchen Wasser zu geben. Er machte das absichtlich, weil er nicht den Eindruck erwecken wollte, Vivian einem Verhör zu unterziehen.

Zwar hegte er keinen Zweifel über ihren Beruf, denn ihre ganze Aufmachung verriet sie, aber gleichzeitig war sie ihm nicht unsympathisch. Trotz ihrer stacheligen und etwas lauten Art ging etwas Liebenswertes von ihr aus, fand er. Aber trotzdem – eine Prostituierte im Regent Beverly Wilshire?

Mr. Edward Lewis hatte ihn da in heillose Schwierigkeiten gebracht, und Mr. Thompson hoffte nur, daß er sie auf diskrete Art lösen konnte.

»Wie heißen Sie?« fragte er Vivian.

Sie hatte ihren Mantel aufgeknöpft und schlug die Beine übereinander. »Suchen Sie sich 'n Namen aus!« antwortete sie patzig.

Mr. Thompson stellte die Gießkanne zur Seite und wandte sich zu ihr um. »Lassen Sie bitte die Witze, junge Frau.«

Eingeschüchtert nannte sie ihren Namen, und er bedankte sich höflich. »Vivian«, wiederholte er. »Also gut, Miss Vivian.« Er ging zu seinem Schreibtisch und lehnte sich mit verschränkten Armen dagegen, während er sie mit einem flüchtigen Lächeln betrachtete.

»Was in anderen Hotels geschieht, gilt nicht für das Regent Beverly Wilshire. Wie auch immer – Mister Lewis ist ein besonderer Gast, und wir legen größten Wert darauf, besondere Gäste als Freunde zu behandeln.«

Sie lächelte mokant und verdrehte die Augen, weil sie seine Ausdrucksweise reichlich geschwollen fand. Verdammt, sie hatte die Nase voll von all diesen Snobbies!

Aber Mr. Thompson ließ sich von Vivians stummer Feindseligkeit nicht aus dem Konzept bringen. »Als unser Gast erwarten wir von Mister Lewis, daß er zusätzliche Gäste anmeldet. Aber da er unser Freund ist, tragen wir es ihm nicht nach. Ich darf doch wohl annehmen, Sie sind eine ...« Er stockte und suchte nach dem richtigen Ausdruck. »Verwandte ...«

Vivian erwiderte seinen eindringlichen Blick zunächst mit völligem Unverständnis. Dann kapierte sie und nickte hastig. »Ja ...«

»Das dachte ich auch«, sagte er erleichtert. »Dann sind Sie vermutlich seine ...«

Wieder stockte er, und Vivian warf fragend ein: »Nichte?«

Mr. Thompson nickte und lächelte beinahe väterlich. »Die liebe Nichte! Ich darf also davon ausgehen, wenn Mister Lewis abreist, werde ich Sie in diesem Hotel nie wiedersehen?«

Vivian schwieg und rollte nur wieder mit den Augen. Du lieber Himmel, warum gebrauchte der Mensch nur so viele geschraubte Worte!

»Und ich hoffe sehr, daß Sie hier keine weiteren Onkel haben!« setzte Mr. Thompson nachdrücklich hinzu.

Sie schüttelte den Kopf, und er seufzte erleichtert auf. »Gut. Ich sehe, wir verstehen uns. Und zum Schluß möchte ich Ihnen noch ans Herz legen, sich etwas angemessener zu kleiden. Das ist dann alles.«

»Nein, das ist noch nicht alles«, platzte Vivian heraus. »Genau das habe ich gerade versucht. Ich war heute schon auf dem Rodeo Drive und wollte ein Kleid kaufen. Diese Frauen in dem Laden wollten mir nichts verkaufen. Nun hab ich ’n Haufen Geld und kein Kleid.«

Während sie redete, hatte sie ihre Tasche geöffnet und zeigte dem Manager den Packen zusammengeknüllter Geldscheine, die Edward ihr gegeben hatte. Ihre Stimme zitterte und verriet, wie gedemütigt und wütend sie sich immer noch fühlte.

Sie blickte Mr. Thompson an. »Ich erwarte ja nicht, daß Sie mir helfen, aber was soll ich denn tun? Ich weiß nur, ich brauche für heute abend ein Kleid. Und ... niemand ... will mir helfen und ...«

Sie verstummte und gab dem verdutzten Mr. Thompson einfach die Geldscheine. Sie wollte wirklich nicht weinen, aber sie schaffte es einfach nicht mehr, die Tränen zurückzuhalten. Sie dachte an Edward und was er wohl sagte, wenn sie ihm heute abend in ihren alten Klamotten die Tür aufmachte.

Dabei hatte sie schon davon geträumt, sich für ihn schön zu machen. Sie hatte sich ausgemalt, wie er sie bewunderte. Und nun?

Vermutlich würde er sie wegschicken, und es war Essig mit den dreitausend Dollar. Was sollte ein Mann wie Edward Lewis mit einem Mädchen wie ihr, das nicht einmal imstande war, ein anständiges Kleid zu kaufen!

Ganz klar, er würde sie wegschicken, und sie würde ihn nie, nie wiedersehen.

Vivian schniefte und wischte sich mit dem Handrükken über Augen und Nase, und Mr. Thompson zückte sein blütenweißes Taschentuch. Zusammen mit ihrem Geld drückte er es ihr in die Hand. Dann ging er um den Schreibtisch herum und griff nach dem Telefonhörer.

»Na, großartig«, sagte Vivian immer noch weinend. »Wollen Sie die Bullen rufen?« Sie starrte auf das Geld in ihren Fingern. Vermutlich bildete der beknackte Typ sich ein, sie hätte es Edward geklaut. »Na, holen Sie doch die Bullen. Das ist 'ne gute Idee. Bestellen Sie einen schönen Gruß von mir.«

Er hatte eine Nummer gewählt und hörte das Freizeichen. Dann wurde auf der Gegenseite abgehoben. »Damenbekleidung«, verlangte Mr. Thompson, und Vivian hob überrascht den Kopf. »Ja, Bridget bitte.«

In ihrer Verwirrung wollte sie sich mit dem Geld die Nase putzen, bemerkte erst im letzten Moment ihren Irrtum und prustete laut und vernehmlich in Mr. Thompsons Taschentuch.

Er bemühte sich, nicht allzu entgeistert auf die schnaubende Fanfare zu reagieren, und sprach ins Telefon:

»Hallo, Bridget. Guten Tag, hier ist Barnard Thompson aus dem Regent Beverly Wilshire ...« Er unterbrach sich, weil die Frau am anderen Ende der Leitung etwas sagte, und lächelte. »Ich habe eine Bitte an Sie. Seien Sie so nett, und tun Sie mir einen Gefallen. Eine junge Dame wird Sie gleich besuchen. Ihr Name ist Vivian. Kümmern Sie sich bitte um sie. Sie ist die Nichte eines besonderen Gastes.«

Sein Lächeln verstärkte sich, während er zu Vivian hinübersah, und sie erwiderte es mit einer solchen Erleichterung und Dankbarkeit, daß es Mr. Thompson regelrecht warm um das ansonsten eher wohltemperierte Herz wurde.

Eine Viertelstunde später war Vivian wieder auf dem Rodeo Drive. Mr. Thompson hatte sie bei ›Gucci's‹ angemeldet. Ein wenig unsicher betrat sie die großen Geschäftsräume im Parterre und blickte sich um.

Eine freundliche, nicht mehr ganz junge Verkäuferin begleitete gerade eine Kundin die Treppe vom Oberstock herunter und brachte sie zur Tür. »Keine Sorge, Mrs. Rainey, ich rufe Sie sofort an, wenn es geliefert wird«, hörte Vivian sie im Vorübergehen sagen, und die Kundin nickte.

»Das ist nett.«

Die Verkäuferin hielt ihr die Tür auf und wünschte ihr noch einen angenehmen Tag. Dann wandte sie sich Vivian zu, die vor einem kleinen goldgerahmten Spiegel stand und sich mit dem Finger ihre strahlend weißen, ohnehin makellosen Zähne polierte. Die Verkäuferin lächelte ihr zu.

»Guten Tag. Sie müssen bestimmt Miss Vivian sein.

Mein Name ist Bridget.« Sie streckte die Hand aus, und Vivian nahm sie und schüttelte sie. Ihr fiel ein Stein vom Herzen. Diese Bridget war wirklich so freundlich, wie Mr. Thompson behauptet hatte, und sie wirkte kein bißchen hochnäsig. Vivian lächelte erleichtert.

»Ja. Barney hat gesagt, daß Sie nett zu mir sind ...«

Bridget lachte, während sie mit ihr zu einem der zahlreichen, überall verstreuten gläsernen Verkaufstische ging. »Er ist wirklich der reizendste Mensch, den ich kenne. Was haben Sie vor? Werden Sie sich die Stadt ansehen?«

»Wir gehen heute abend essen«, antwortete Vivian, trotz Bridgets Freundlichkeit immer noch etwas nervös. Sie faltete die Hände im Schoß und wollte sich auf einen der Verkaufstische setzen, doch Bridget hielt sie zurück.

»Oh, bitte nicht da hinsetzen!«

Erschrocken rutschte Vivian von der Glastheke wieder herunter. Doch Bridget lächelte unverändert freundlich. »Sie gehen also aus. Zum Dinner? Dann ist wohl ein Cocktailkleid genau das Richtige. Kommen Sie bitte mit. Wir finden schon ein hübsches Kleid für Sie. Es wird Ihrem Onkel gefallen.« Sie musterte Vivian prüfend, während sie mit ihr zu einem teppichbelegten Treppenaufgang ging. »Sie tragen Größe 38?«

»Ja. Woher wissen Sie das?« fragte Vivian verblüfft, als sie neben Bridget die Stufen hinaufstieg.

Die zuckte lachend mit den Schultern. »Ja, das ist doch mein Beruf!«

Vivian zögerte auf einer Stufe und blickte sie unsicher an. »Bridg ... er ist gar nicht mein Onkel.«

»Das sind sie nie, Darling!« erwiderte die Verkäuferin mit einem vergnügten Zwinkern.

Als Vivian eine Stunde später mit einem Kleidersack mit der Aufschrift ›Gucci's‹ wieder ins Hotel zurückkam, glühten ihre Wangen vor Aufregung. Sie blickte sich in der Lobby nach Mr. Thompson um und entdeckte ihn mit einem Ehepaar, offenbar Japaner, mit dem er sich gedämpft unterhielt – natürlich in Japanisch.

»Barney!« rief Vivian und rannte winkend auf ihn zu. Sie ließ den Kleidersack von der Schulter gleiten und stieß damit den Japaner an. »Entschuldigung, Mister«, sagte sie und wandte sich sofort wieder an den Manager: »Endlich habe ich ein Kleid!«

Mr. Thompson nickte den Japanern um Verständnis bittend zu und zog Vivian ein paar Schritte zur Seite. »Wie bedauerlich, daß Sie es nicht gleich angezogen haben«, meinte er mit einem Blick auf Vivians ›Berufskleidung‹.

»O nein«, widersprach sie eifrig. »Das Kleid muß geschont werden. Ich hab auch Schuhe. Wollen Sie sie sehen?« Sie machte Anstalten, den Schuhkarton aus dem Kleidersack zu fischen, doch Mr. Thompson winkte ab.

»Nicht nötig. Ich nehme an, Sie haben sich sehr hübsche Sachen gekauft.« Er warf einen nervösen Blick zu den japanischen Gästen hinüber, und Vivian sagte hastig:

»Schon gut. Tut mir leid, ich wollte hier nicht stören. Bridget hat mir sehr geholfen. War 'ne tolle Idee. Sie sind sehr nett.«

Sie strahlte ihn an, und in diesem Augenblick sah sie so jung und trotz ihrer unmöglichen Aufmachung so liebenswert aus, daß Mr. Thompson sie ganz reizend fand. »Ich freue mich, wenn Sie sich freuen«, sagte er aufrichtig und verbeugte sich leicht.

Vivian winkte ihm verabschiedend zu und lief dann zum Lift, ihre Einkäufe fest an sich gepreßt.

Als sie die Diele des Penthouses betrat, hörte sie das Telefon läuten. Sie warf die Eingangstür mit dem Fuß zu, ließ ihre Tasche fallen und rannte an den Apparat im Livingroom. Den Gucci-Kleidersack hielt sie allerdings immer noch über dem Arm.

»Ja, hallo?« meldete sie sich atemlos und hörte Edwards strenge Stimme:

»Komm nicht noch mal auf die Idee, ans Telefon zu gehen.«

Sie grinste und setzte sich auf den Tisch, auf dem der Apparat stand. »Wieso rufst du mich dann an?«

»Hast du dir was Hübsches gekauft?« fragte er, und sie merkte, daß er lachte.

»Ja, ein ganz schickes Ding. Ein Cocktailkleid.«

»Gut«, sagte er zufrieden. »Ich bin pünktlich um neunzehn Uhr fünfundvierzig in der Hotellobby.«

»Kommst du denn nicht mehr nach oben?« fragte Vivian ein bißchen enttäuscht. Sie hatte es sich so toll vorgestellt, wenn Edward hereinkam und sie sich ihm in ihrem neuen Kleid präsentierte. Außerdem hatte sie ihm noch unbedingt ein paar Fragen stellen wollen. Sehr wichtige Fragen ...

»Das geht leider nicht«, erwiderte Edward am Telefon. »Wir werden erwartet.«

»Wohin gehen wir denn? Verrätst du das?«

»Wir gehen in ein französisches Restaurant. Das ›Voltaire‹. Sehr elegant.«

»In Ordnung. Ich warte unten in der Lobby auf dich. Aber nur, weil du mich dafür bezahlst.«

»Vielen Dank. Das ist unglaublich nett von dir«, sagte Edward bissig. Sie hörte, wie er auflegte, und grinste in sich hinein.

Ein paar Augenblicke später klingelte das Telefon zum zweiten Mal. Vivian, die gerade ihre Einkäufe auspacken wollte, rannte hin und meldete sich. Wieder war es Edward, der triumphierend erklärte:

»Ich hab dir doch gesagt, das Telefon ist tabu für dich!«

»Ganz einfach. Ruf mich nicht mehr an«, konterte sie und hörte sein amüsiertes Lachen, bevor er wieder auflegte. Auch sie warf den Hörer auf die Gabel zurück und murmelte schulterzuckend: »Der hat 'n Knall.«

Mr. Thompson wiegte sich unterdessen in der angenehmen Gewißheit, daß er den ›Fall Miss Vivian‹ mit aller gebotenen Diskretion gelöst hatte und die junge Dame in der Penthouse-Suite gut aufgehoben war, bis Mr. Lewis zurückkam. Auf jeden Fall würde sie mit ihrer schrillen Aufmachung nicht mehr die Gäste des vornehmen Regent Beverly Wilshire schockieren.

Um so mehr traf ihn die schmerzliche Tatsache, daß ›Miss Vivian‹ offenbar doch weniger Feinfühligkeit besaß, als er ihr nach seinen jüngsten Erfahrungen zugetraut hätte. Sie blieb nämlich keineswegs in der Penthouse-Suite, um dort auf Mr. Lewis zu warten, sondern erschien, gekleidet wie eh und je, schon wieder in der Lobby.

Mr. Thompson hatte ihr den Rücken zugekehrt, denn er sprach gerade mit zwei Hotelangestellten über die Feuerlöschgeräte, die wieder einmal überprüft werden mußten. Aber aus den jäh veränderten Mienen der beiden schloß der geplagte Manager, was gerade geschah. Es gab nur eine Person im Regent Beverly Wilshire, die diesen fassungslosen, halb entsetzten, halb begeisterten Ausdruck auf Männergesichtern hervorrief.

Er wandte sich um und sah Vivian auf sich zukommen.

»Barney«, sagte sie merkwürdig flehend, und sein flüchtiger Zorn auf sie verflog fast augenblicklich.

»Hat das Kleid nicht gepaßt?« erkundigte er sich, während er die beiden Angestellten mit einem Wink fortschickte.

»O nein, nein, nein, das ist es nicht. Ich ... hab ein kleines Problem.«

Und dann rückte Vivian ziemlich kleinlaut damit heraus, daß sie Angst vor dem Dinner im ›Voltaire‹ hatte. Weil das doch ein sehr vornehmes Lokal sei. Und weil sie keine Ahnung von den entsprechenden Tischsitten habe. Und ob er, Barney, ihr nicht ein paar Tips geben könne.

Eigentlich hatte Vivian das Edward fragen wollen, wenn er ins Hotel zurückkam. Aber er holte sie ja nur in der Lobby ab, und auf der Fahrt ins Restaurant blieb dafür auch keine Zeit mehr. Doch Vivian wollte sich unter gar keinen Umständen falsch benehmen, und vor allem wollte sie Edward nicht blamieren.

Mr. Thompson war wirklich ein selten netter Mensch, wie schon Bridget gesagt hatte. Wenn er jemandem helfen konnte, tat er das ausgesprochen gern. Und Vivians bettelnden Augen vermochte er ohnehin nicht zu widerstehen. Das war schon vorhin so gewesen, als sie heulend in seinem Büro gehockt hatte, und seitdem hatte sie offenbar ziemliches Vertrauen zu ihm gefaßt.

Sie war wie ein junger streunender Hund, der immer nur Fußtritte bekommen hatte und nun demjenigen hinterherlief, der ihn zum erstenmal anständig behandelte.

Außerdem gefiel es Barnard Thompson, daß Vivian weder dreist noch dumm war. Sie wollte lernen und alles so gut machen, wie es ihr eben möglich war. Das, so fand er, war eine respektable Einstellung.

Im Augenblick war es relativ ruhig im Hotel. Die Lunchzeit war vorüber, und bis zum Dinner waren es noch einige Stunden, aber Thompson wußte, daß im Speisesaal bereits die Tische für den Abend gedeckt wurden. Was also sprach dagegen, wenn er dieser jungen Dame ... bei dem Gedanken mußte er nun doch verstohlen in sich hineingrinsen ... ein wenig Unterricht in gutem Benehmen erteilte? Er tat damit nicht nur ihr, sondern auch Mr. Lewis einen Gefallen – und drittens entfernte er auf diese Weise Vivian aus der Lobby und entzog sie somit den neugierigen Blicken von Gästen und Personal.

Der Speisesaal bot mit seinem edlen Porzellan, den rosa Damasttischdecken, Blumenarrangements und all dem Silber und Kristall einen festlichen Anblick.

Mr. Thompson führte Vivian an einen runden Tisch und erklärte geduldig und anschaulich, wie man sich zu setzen und die Serviette zu handhaben hatte, von welcher Seite die Speisen serviert und von welcher abgeräumt werden würde, sowie welche Gläser und Bestecke für welchen Gang eines Menüs bestimmt waren.

Vivian schwirrte bald der Kopf, aber sie bemühte sich mit rührendem Eifer, sich alles zu merken, was Mr. Thompson ihr zeigte und sagte.

»Also gut«, meinte er schließlich, »noch einmal von vorn. Zuerst die Serviette.« Er stand hinter Vivians Stuhl, und sie zog die zusammengefaltete Serviette aus einem Glas des vor ihr stehenden Gedecks.

»Die Serviette«, wiederholte sie. »Man legt sie vorsichtig auf den Schoß.«

Sie tat es, und Mr. Thompson lobte: »Seht gut.«

Im nächsten Moment jedoch zuckte er schmerzlich zusammen, weil Vivian sich mit beiden Armen auf dem Tisch aufgestützt hatte. »Nehmen Sie die Ellbogen von dem Tisch! Halten Sie sich gerade.«

Er beugte sich ein wenig nach vorn und deutete nacheinander auf die neben Vivians Teller aufgereihten Gabeln. »Die Gabel für die Shrimps. Die für den Salat. Und die für den Hauptgang.«

Im Hintergrund des Saales liefen ein paar Kellner hin und her und waren damit beschäftigt, die letzten Tische zu decken. Ab und zu warfen sie neugierige Blicke zu ihrem Chef und Vivian hinüber. Sie achtete nicht darauf, sondern versuchte krampfhaft, sich das verschiedene Aussehen der Gabeln einzuprägen.

»Die Salatgabel erkenne ich auf jeden Fall«, sagte sie niedergeschlagen. »Der Rest von diesen Dingern verwirrt mich noch.«

Mr. Thompson lächelte beruhigend. »Ach, wenn Sie nervös werden, zählen Sie einfach die Zinken.« Er nahm die Gabeln einzeln hoch und deutete darauf. »Vier Zinken für den Hauptgang. Manchmal hat die Gabel auch nur drei Zinken. Das ist dann die Salatgabel.«

Vivian hatte große Lust, die Ellbogen wieder auf den Tisch zu stützen und den Kopf in die Hände zu legen. Aber sie tat es nicht, sondern biß die Zähne zusammen und übte so lange tapfer weiter, wie man sich bei einem Dinner in guter Gesellschaft zu benehmen hatte, bis es Zeit wurde, wieder nach oben ins Penthouse zu fahren und sich für den Abend zurechtzumachen.

Sie war Mr. Thompson unheimlich dankbar, daß er sich so um sie bemüht hatte, und am liebsten hätte sie ihn am Schluß auf die Wange geküßt. Aber das wagte sie dann doch nicht.

7

Edward hatte einen stressigen Tag hinter sich. Er hatte mit Philip Stuckey und seinen anderen Mitarbeitern eine stundenlange Konferenz abgehalten, in der es ausschließlich um die wirtschaftliche Situation und den eventuellen Kauf von Morse Industries gegangen war.

Noch einmal hatte Edward sich ein umfassendes Bild des kränkelnden Unternehmens verschafft. Seine Leute hatten die einzelnen Betriebe, die Werftanlagen, in denen Jim Morse Schiffe baute, und die diversen anderen Industriegelände in einem Film zusammengefaßt, den Edward sich vorführen ließ.

Und je mehr er sah und hörte, um so stärker festigte sich seine Überzeugung, daß der Kauf von Morse Industries in der Tat ein unglaublich lohnendes Geschäft war. Jagdfieber hatte ihn gepackt wie jedesmal, wenn er vor solch einem Abschluß stand, ohne daß er darüber seinen immer wachen, kühl kalkulierenden Verstand ausgeschaltet hätte.

Beides zusammen hatte ihn schon in jungen Jahren überaus erfolgreich werden lassen. Ihn und einige andere, die sich an ihn gehängt und an seinen Geschäften partizipiert hatten. So wie Philip Stuckey beispielsweise.

Aber mitten in der Filmvorführung, zu der Vance die Erläuterungen gab, war Jake, ebenfalls einer von Edwards jungen Managern, in den Konferenzraum von Lewis Enterprises geplatzt. »Es gibt 'ne interessante Neuigkeit«, hatte er Philip Stuckey zugeflüstert, der der Tür am nächsten saß.

Philip hob die Hand. »Edward, wir haben gerade Nachrichten von Morse erhalten. Don, halten Sie mal den Apparat an.«

Er stand auf und knipste das Licht im Raum an, während der junge Mann, der den Projektor bedient hatte, die Filmvorführung stoppte.

»Also?« wandte sich Stuckey an Jake.

Der räusperte sich und blickte, während er sprach, hauptsächlich Edward und Stuckey an. »Dem alten Morse ist von der Navy gerade ein lukratives Geschäft angetragen worden. Ein Dreihundertfünfzig-Millionen-Dollar-Auftrag für den Bau von Zerstörern.«

Philip lachte spöttisch auf. »Ein Auftrag von der Navy? Das glaube ich einfach nicht. Wie kann denn das sein? Sie haben doch gesagt, er kriegt von denen keine Aufträge mehr.«

»Ja, das hab ich auch gedacht«, verteidigte sich Jake.

Mark, ein anderer Mitarbeiter, der neben Vance am Tisch saß, mischte sich ein. »Wenn das wahr ist, gehen die Aktien durch die Decke, und es wird zu teuer für uns.«

Philip stützte die geballten Fäuste auf die Tischplatte. »So 'ne Scheiße! Das weiß ich selber.«

»Ich bin sehr froh, daß wir diese Information so früh erhalten haben, Sir«, wandte Jake ein. Er blickte zu Edward hinüber, der als einziger die alarmierende Neuigkeit völlig gelassen aufgenommen hatte und sich aus einer Flasche ein Glas Mineralwasser einschenkte. »So können wir noch immer aussteigen.«

»Aussteigen?« fuhr Philip Stuckey auf. Sein eben noch blasses Gesicht hatte sich mit hektischer Röte überzogen. Er schwitzte und fuhr sich mit einem Taschentuch über Stirn und Nacken. »Kommt nicht in Frage! Wir haben schon tausend Arbeitsstunden investiert. Niemand wird aus dem Projekt aussteigen.« Er ließ sich in seinen Sessel fallen und blickte wütend in die Runde.

»Philip, das ist wahr, aber ...«, meldete sich Mark zu Wort, doch Stuckey ließ ihn nicht ausreden. Er beharrte auf seinem Standpunkt, während Mark lebhaft widersprach. Im Handumdrehen war eine hitzige Debatte im Gange, bis Edward die Stimmen der Streitenden übertönte.

»Aber meine Herren, bitte Ruhe. So geht das doch nicht!« Er wartete, bis es still wurde, und fragte dann: »Wen kennen wir vom Bewilligungsausschuß im Senat?«

»Senator Adams«, antwortete Stuckey genervt. Er begriff nicht, worauf Edward hinauswollte.

Der war aufgestanden. »Senator Adams«, wiederholte er. »Feststellen, wo er ist. Die Navy gibt nicht dreihundertfünfzig Millionen Dollar aus, ohne die Sache dem Bewilligungsausschuß vorzutragen.« Er trank einen Schluck Mineralwasser, während Jake bereits zum Telefon ging.

Stuckey starrte vor sich hin. »Ich verstehe nicht, was heute hier läuft, Gentlemen.«

Edward setzte sein Glas ab und kehrte an seinen Platz zurück, um seinen Aktenkoffer zu holen. »Phil, soviel ich weiß, habe ich dich angestellt, damit du dir meinen Kopf zerbrichst«, sagte er kühl. »Ich bin in deinem Büro.«

Im Hinausgehen wandte er sich an Vance: »Bob, ich brauche dann alle Unterlagen.«

»Geht in Ordnung«, erwiderte der junge Mann beflissen, und Edward wollte nach einem kurzen »Danke« den Konferenzraum verlassen. Philip jedoch hielt ihn noch einmal zurück.

»Edward?« fragte er beunruhigt. »Bist du auch heute abend auf das Treffen vorbereitet?«

Edward lächelte. »Hm ...«

»Gut, aber welches Mädchen begleitet dich?«

Er sah die Neugier in Philips Augen, dachte an Vivian und lächelte stärker. »Keine, die du kennst.« Damit ging er endgültig und hörte noch, wie Phil hinter ihm einen genervten Seufzer ausstieß.

Immerhin, so ruhig wie Edward sich gab, war er innerlich doch nicht. Das Navy-Geschäft konnte Morse Industries mit einem Schlag aus allen Liquiditätsschwierigkeiten holen. Und das bedeutete, daß er, Edward, in der Tat besser die Finger von dieser Sache ließ, egal was Philip dachte oder wollte. Nur war, was den dicken Auftrag für Morse betraf, das letzte Wort vermutlich nicht gesprochen. Man mußte bei Senator Adams ansetzen. Aber ob es gelang?

Edward hatte beschlossen, erst einmal bei Vivian anzurufen, um sich mit ihr für den Abend in der Hotellobby zu verabreden. Das kleine Geplänkel am Telefon mit ihr hatte ihm Spaß gemacht, und als er anschließend mit Philip weiter konferierte, empfand er fast so etwas wie Vorfreude bei dem Gedanken an sie.

Pünktlich mit dem Glockenschlag kehrte Edward

dann um Viertel vor acht ins Regent Beverly Wilshire zurück. Wie schon am Morgen, als er zu der Niederlassung von Lewis Enterprises in der Downtown von Los Angeles gefahren war, benutzte er die Limousine, die dem Hotel gehörte. Philip Stuckey hatte seinen Lotus, den ein anderer Fahrer aus dem Regent Beverly Wilshire zu Lewis Enterprises gebracht hatte, inzwischen sehr erleichtert wieder in Empfang genommen.

Edward bat Darryl, den farbigen Chauffeur, vor dem Hotel mit dem Wagen auf ihn zu warten, und durchquerte mit eiligen Schritten die Lobby. Er blickte sich nach Vivian um und stellte stirnrunzelnd fest, daß sie nicht da war. Gerade wollte er auf eines der Telefone zugehen, um sie in der Suite anzurufen, als Mr. Thompson ihn ansprach.

»Guten Abend, Mister Lewis. Mein Name ist Thompson. Ich bin der Manager des Hotels.«

Edward warf ihm einen flüchtigen Blick zu. »Entschuldigen Sie, ich muß nur schnell telefonieren.«

Er ging weiter, aber Barnard Thompson blieb an seiner Seite. »Verzeihen Sie, Sir, ich habe eine Nachricht für Sie.«

»Von wem?« fragte Edward, während er schon die Nummer seines Hausanschlusses in einen Telefonapparat tippte.

»Von ihrer Nichte, Sir«, erklärte Mr. Thompson mit Nachdruck.

Edward drehte sich perplex zu ihm um. »Wie bitte?«

Der Manager dämpfte die Stimme. »Von der jungen Frau, die auch in ihrem Zimmer wohnt.«

»Oh ...« Edward ließ den Telefonhörer sinken und legte ihn auf die Gabel zurück. »Wir beide wissen doch, daß sie nicht meine Nichte ist«, meinte er, und Mr. Thompson nickte.

»Natürlich.«

»Und ich weiß es so genau, weil ich ein Einzelkind bin.«

Diesmal gestattete sich Mr. Thompson ein Lächeln. »Ja, Sir.«

»Wie lautet die Nachricht?« wollte Edward wissen.

Mr. Thompson deutete zur Cocktail Lounge, die um diese Zeit gut besucht war. Viele Gäste saßen an den niedrigen Tischen, um noch einen Drink vor dem Essen zu nehmen. Klavierspiel und Stimmengewirr waren zu hören.

»Die junge Frau erwartet Sie in der Lounge.«

Edward wollte seinen Aktenkoffer nehmen, den er auf dem Telefontisch abgestellt hatte, und hielt abrupt inne, als Mr. Thompson voller Überzeugung hinzufügte: »Miss Vivian ist eine faszinierende Persönlichkeit.«

»Faszinierend?« Edward wirkte völlig überrascht, aber der Manager gab keine weitere Erklärung ab, sondern verneigte sich nur leicht.

»Ich wünsche Ihnen einen schönen Abend, Sir.«

»Ich danke Ihnen, Mister ... äh ...«

»Thompson«, erklärte Barney. »Ich bin der ...«

»Ja, natürlich«, fiel Edward ihm ins Wort.

»Ich bin der Manager. Der Hotelmanager«, ergänzte Barney mit unerschütterlicher Höflichkeit und zog eine Visitenkarte aus der Brusttasche. Er wollte sie Edward überreichen, doch der hatte sich bereits abgewandt. Noch immer ziemlich verwirrt ging er zur Cocktail Lounge hinüber.

Zuerst sah er sich nach Vivian an den Tischen um, konnte sie aber nirgends entdecken. Deshalb ging sein Blick zur Bar.

Eine junge Dame saß dort und hatte ihm den Rükken zugekehrt. Sie trug ein hinreißendes, tief dekolletiertes Cocktailkleid aus schwarzer Spitze und hatte das rote Haar zu einer anmutigen Lockenfrisur im Nacken zusammengefaßt.

Es war Vivian, aber Edward erkannte sie erst, als sie sich zu ihm umdrehte, und auch da erst auf den zweiten Blick.

Daß sie hübsch war, hatte Edward gewußt. Aber daß sie so wunderschön aussehen konnte, machte ihn plötzlich fassungslos.

Er blieb wie angewurzelt stehen, während Vivian langsam von ihrem Barhocker glitt. Sie sah die Faszination in seinen Augen, und das Strahlen auf ihrem Gesicht verstärkte sich. So, genau so hatte sie sich ausgemalt, daß Edward auf ihren Anblick reagieren würde.

Sie nahm ihre schmale schwarze Unterarmtasche – ebenfalls von Gucci – und den zum Kleid gehörenden kurzen Abendmantel von einem danebenstehenden Hocker und ging auf Edward zu.

»Hast du mich vergessen?« fragte sie leise, weil er sich nun doch verspätet hatte.

»Du siehst umwerfend aus«, stellte er mit einer Stimme fest, die ihr einen kleinen prickelnden Schauer über den Rücken jagte.

Sie lachte glücklich und gleichzeitig ein bißchen verlegen über sein Kompliment. »Ich verzeih' dir.«

Edward nahm keinen Blick von ihr, während er ihr seinen Arm bot. »Das Dinner wartet.«

Und Vivian ging – nein, schwebte an seiner Seite aus der Lounge.

Das ›Voltaire‹ war wirklich ein sehr elegantes Restaurant. Der Tisch, den Edward hatte reservieren lassen, lag ziemlich in der Mitte des Speisesaals, der von einer Empore umgeben war. Auch dort oben wurde gespeist, und man saß unten ein wenig auf dem Präsentierteller, wie Vivian mit leisem Unbehagen registrierte, als der Maitre D' sie und Edward zu ihren Plätzen führte.

Im Vorübergehen warf sie einen Blick auf die übrigen Gäste, und das Herz sank ihr trotz Mr. Thompsons ›Benimm-Unterrichts‹ fast bis in ihre hochhackigen eleganten Gucci-Schuhe.

»Hier entlang, Mister Lewis«, sagte der Maitre d' und deutete auf einen runden Tisch für vier Personen, an dem bereits zwei Herren saßen. »Ihre Gäste warten schon.«

Edward warf Vivian einen kurzen Seitenblick zu. »Sei nicht so zappelig«, flüsterte er, und sie versuchte, sich zusammenzunehmen und möglichst hoheitsvoll zu schreiten.

Die beiden Herren erhoben sich von ihren Stühlen, als Vivian und Edward herankamen.

»Mister Morse?« wandte Edward sich an den älteren.

»Ja, Mister Lewis, ich bin Jim Morse.« Der Chef von Morse Industries war ein weißhaariger Riese mit einem Gesicht, das Energie und Klugheit verriet. Er hatte unzählige kleine Lachfältchen um Mund und Augen und betrachtete Edward einen Moment lang forschend, ehe er ihm die Hand schüttelte.

Dann wandte er sich seinem Begleiter zu, einem jungen Mann mit rötlich-blonden Haaren und hellen Augen. »Und dieser Prachtbursche hier ist mein einziger Enkelsohn David.«

David Morse lachte. »Also, über den Prachtburschen bin ich mir nicht so sicher. Aber Enkel stimmt schon.«

»Ich freue mich, Sie beide kennenzulernen«, versicherte Edward höflich. Dann schob er Vivian nach vorn. »Darf ich Ihnen Vivian Ward vorstellen?«

Mit ihrem schönsten Lächeln schüttelte Vivian gleichfalls Jim Morse die Hand. »Es freut mich wirklich sehr.«

»Mister Morse und David«, sagte Edward, als sie Jim Morses Hand gar nicht mehr loslassen wollte, sondern fortfuhr, sie zu schütteln, als wolle sie ihm den Arm auskugeln. Sie wurde verlegen und wandte sich hastig David zu. Sein bewundernder Blick gab ihr ein wenig von ihrer Sicherheit zurück.

»Hallo«, sagte auch er lächelnd.

Edward ging zielstrebig auf einen Sessel zu, während der Maitre d', der höflich in einiger Entfernung stehengeblieben war, den Sessel daneben für Vivian ein Stück vom Tisch wegzog. Etwas verwirrt blickte sie ihn an und wußte nicht, was sie tun sollte.

»Setz dich doch«, sagte Edward leise zu ihr, und sie gehorchte, woraufhin die beiden Morses ebenfalls Platz nahmen.

Im nächsten Augenblick schoß Vivian von ihrem Sessel hoch, und die drei Herren standen ebenfalls wieder auf. »Entschuldigen Sie mich«, murmelte sie, und Edward erkundigte sich:

»Wohin gehst du denn?«

»Ich möchte mir den Lidstrich nachziehen«, erklärte sie verlegen.

Die Morses lachten, und Edward sagte: »Die Treppe hoch und dann rechts.«

»Danke. Entschuldigt mich ...« Sie wandte sich in die angegebene Richtung.

»Soll ich für dich bestellen?« erkundigte Edward sich, und sie platzte burschikos heraus: »Na klar!« Im nächsten Moment dämmerte ihr, daß sie einen Faux pas begangen hatte, und fügte äußerst sanft und liebenswürdig hinzu: »Bitte, sei so nett. Recht herzlichen Dank.«

»Nichts zu danken«, erwiderte er im gleichen Tonfall. Er und die Morses warteten, bis Vivian auf der Treppe verschwunden war, dann setzten sie sich wieder.

Das Gespräch drehte sich zunächst um allgemeine Dinge, aber Vivian beteiligte sich kaum daran, nachdem sie wieder zurückgekommen war, aus Angst, etwas Verkehrtes zu sagen.

Dann wurde die Vorspeise serviert, aber es waren weder Shrimps noch Salat, wie Vivian nach Mr. Thompsons Unterweisungen erwartet hatte, sondern verschiedene Pasteten. Ziemlich konfus blickte Vivian erst zu dem Kellner hoch, der den Teller vor sie hinstellte, und dann zu Edward. Verflixt, welches Besteck kam denn nun in Frage?

Aber der Kellner lächelte nur höflich, und Edwards Aufmerksamkeit konzentrierte sich auf David Morse, der in diesem Augenblick die Unterhaltung entschlossen auf den eigentlichen Grund dieser Dinnereinladung lenkte.

»Mister Lewis«, sagte er, »mein Großvater ist der Ansicht, daß der Gründer eines Unternehmens auch über seine Zukunft entscheiden muß.«

Vivian stieß Edward unter dem Tisch an. »Wo ist denn der Salat?« flüsterte sie, denn sie hatte inzwischen aus all den Gabeln neben ihrem Teller lediglich die Salatgabel herausgefunden.

David Morse hatte ihre Frage verstanden und blickte irritiert auf seinen Vorspeisenteller.

Edward lehnte sich zu Vivian. »Der Salat kommt erst zum Ende des Menüs«, erwiderte er ebenso leise wie sie.

»Aber das ist die einzige Gabel, die ich kenne«, flüsterte sie kleinlaut zurück. Sie starrte auf ihre Bestecke und überlegte, mit welchem dieser verdammten Dinger sie nun zu essen anfangen sollte, zumal die Herren offenbar höflich darauf warteten, daß sie den Anfang machte. Dabei entging ihr, daß David Morse flüchtig in sich hineingrinste.

»Oder ... um es anders zu formulieren«, kam er dann wieder auf sein ursprüngliches Anliegen zurück, »die Erklärungen, die Sie abgegeben haben, und die kursierenden Gerüchte, sie widersprechen sich. Was beabsichtigen Sie wirklich?«

Jim Morse, der Vivians Unentschlossenheit bemerkte, wandte sich ihr mit einem breiten Lächeln zu. »Ich weiß nicht, wie es Ihnen geht, aber ich habe mir nie merken können, was davon zu welchem Gang gehört.«

Vivian lachte erleichtert und warf ihm einen dankbaren Blick zu. Der alte Herr nahm eine seiner Pasteten in die Hand und biß einfach hinein, während er Vivian zublinzelte. Als sie es ihm nachmachte, nickte er vergnügt.

Edward, der – natürlich – die richtige Gabel benutzte, hatte ein amüsiertes Funkeln in den Augen. Er fand Jim Morse zunehmend sympathischer. Aber das änderte nichts an der Tatsache, daß er nach wie vor entschlossen war, dessen Firma aufzukaufen, und zwar zu seinen, Edwards, Konditionen.

Vivian war erleichtert, daß sie die erste Hürde mit Jim Morses Hilfe genommen hatte, und genoß die wirklich köstlichen Pasteten. Aber ihre Freude war nur kurz, denn als nächstes wurden Schnecken serviert. Der Kellner, der sie brachte, legte eine Schneckenzange und die entsprechende Gabel neben jeden Teller.

Dieses Problem war also gelöst, aber trotzdem hatte Vivian nicht den blassesten Schimmer, wie sie beides handhaben sollte.

Wieder blickte sie hilfeflehend auf Edward, doch der wurde von David mit Beschlag belegt. Der junge Mann war fest entschlossen, dem Gespräch nun endlich die von ihm gewünschte Richtung zu geben und vor allem Edward aus seiner bisherigen höflichen Reserve zu locken.

»Früher hat mein Großvater die größten Schiffe der Welt gebaut«, erklärte er. »Männer wie er haben dieses Land groß gemacht.«

Vivian wandte sich an den Kellner. »Wer hat das bestellt?« fragte sie konsterniert, und David warf ihr wieder einen irritierten Blick zu.

Der Kellner deutete unauffällig auf Edward. »Der Gentleman, Ma'am.«

»Das sind Escargot«, erklärte Edward nun endlich. »Schnecken. Eine französische Delikatesse.« Er nickte Vivian zu. »Koste mal.«

Sie hätte ihn am liebsten unter dem Tisch vor das Schienbein getreten. Tat er nur so ahnungslos, oder begriff er wirklich nicht, daß sie keine Ahnung hatte, wie man diese verdammten Schnecken aß?

Edward aber hatte sich bereits wieder an den jungen Morse gewandt. »David?« fragte er auffordernd.

»Mister Lewis, falls Sie unseren Konzern übernehmen – was ich nicht hoffe ... Aber angenommen, Sie tun es doch – was haben Sie mit dem Unternehmen vor?«

»Ich löse den Konzern auf und verkaufe die einzelnen Fabriken.« Edward warf einen kurzen Blick zu Vivian, stellte fest, daß sie nicht wußte, wie man die Schneckenzange öffnete, und machte es ihr unauffällig vor. »So ...« Dann nahm er mit der geöffneten Zange eine Schnecke von seinem Teller.

Vivian versuchte ungeschickt, es ihm nachzumachen. Die Zange rutschte ein paarmal am Schneckengehäuse ab, aber schließlich hatte Vivian es doch geschafft und sich eine Schnecke gegriffen.

Sie war froh, daß die Männer sich wieder ihrem Gespräch zuwandten und nicht auf sie achteten.

»Ich möchte mal eines klarstellen«, sagte Jim Morse. »Die Idee, daß Sie vierzig Jahre meiner Arbeit Stück für Stück verramschen wollen, kann mich nicht begeistern.«

»Ich zahle einen angemessenen Preis«, warf Edward kühl ein, während Vivian auf seine Finger schaute, wie er mit der Gabel das mit Kräuterbutter gegarte Schneckenfleisch aus dem Gehäuse zog. »Durch den Verkauf werden Sie ein sehr reicher Mann.«

»Ich habe genug Geld. Ich möchte meine Werften behalten«, wehrte Jim Morse mühsam beherrscht ab.

Vivian wollte Edward das Kunststück mit der Schnecke nachmachen, aber während sie mit der Gabel in dem Gehäuse herumfischte, rutschte es ihr aus der Zange und flog in hohem Bogen durch die Luft. Der hinter ihr stehende Kellner fing es geistesgegenwärtig auf.

»Schlüpfrige Scheißerchen«, entfuhr es Vivian unkontrolliert, und David Morse beugte hastig den Kopf über seinen Teller, um sein Lachen zu verbergen.

Auch der Kellner mußte grinsen. »So etwas passiert jedem«, sagte er zu Vivian, aber sie wäre trotzdem am liebsten im Boden versunken.

Von Schnecken hatte sie ein für allemal genug.

Immerhin, das weitere Menü hielt keine so peinlichen Fallen für sie bereit, und Vivian hätte es wieder genießen können, wenn die Atmosphäre bei Tisch nicht zunehmend gespannter geworden wäre.

David Morse, der seinen Großvater liebte und bewunderte, litt Höllenqualen, weil er mit ansehen mußte, wie Edward höflich, aber entschieden jeden Vorstoß des alten Herrn abblockte, Morse Industries so zu erhalten, wie sie waren.

David fand dieses ganze Dinner unglaublich demütigend und sehnte dessen Ende herbei. Und auch Jim Morse wurde es immer deutlicher, daß er auf verlorenem Posten kämpfte. Aber noch wollte er nicht aufgeben. Dafür ging es für ihn um zu vieles. Vor allem wollte er erreichen, daß dieser junge, glatte, unerschütterliche Edward Lewis endlich aus seiner Reserve herausging und etwas sagte oder tat, das man eventuell als Waffe gegen ihn verwenden konnte.

Als ein mit Zweigen von Zitronenmelisse hübsch garniertes Sorbett gebracht wurde, wechselte Jim Morse seine Taktik.

»Ich hab mal Ihren Vater kennengelernt«, sagte er scheinbar beiläufig. »Wie war doch sein Vorname?«

Vivian probierte einen Zweig Zitronenmelisse und spuckte ihn rasch wieder aus. Offenbar war dieses Zeug nicht zum Essen geeignet. Dann machte sie sich über ihr Sorbett her, das ihr hervorragend schmeckte.

»Carter«, antwortete Edward auf Jims Frage.

Der alte Morse nickte. »Ach ja, Carter.«

»Carter Lewis«, bestätigte Edward mit einer gewissen Überheblichkeit.

»Ist er wirklich so gemein, wie man überall hört?« fragte Jim Morse.

Vivian blickte erschrocken von ihrer Sorbettschale auf, doch Edward verzog keine Miene. »Nein, das trifft wohl eher auf mich zu.«

Jim Morse lächelte geringschätzig. »Und bewundert er Sie dafür?«

»Kaum vorstellbar«, erwiderte Edward mit einem Schulterzucken. »Und es ist auch ohne Bedeutung, denn mein Vater ist tot.«

Nun reagierte Jim Morse doch mit Betroffenheit. »Oh, das wußte ich nicht. Tut mir leid.«

Vivian legte für einen Moment die Hand auf Edwards Arm. »Mir tut's auch leid«, sagte sie herzlich.

Edward reagierte nicht darauf, sondern schob seine Sorbettschale zurück und blickte Jim Morse an.

»Mister Morse, Sie haben um dieses Treffen gebeten. Was kann ich für Sie tun?«

Der alte Herr erwiderte seinen Blick mit zorniger Entschlossenheit. »Lassen Sie gefälligst meinen Konzern in Ruhe!«

Edward schüttelte den Kopf. Seine Augen waren genauso unnachgiebig wie die von Jim Morse. »Nein. Ich halte Aktien im Wert von zehn Millionen Dollar.«

Ein Kellner wollte Vivians Sorbett abräumen, doch sie hinderte ihn daran, weil noch ein kleiner Rest übrig war. Eilig löffelte sie ihn aus, während ein zweiter Kellner Edwards Schale vom Tisch nahm.

Jim Morse beugte sich über den Tisch. »Dann kaufe

ich Ihre Aktien zurück«, erklärte er mit Entschiedenheit.

»Dafür haben Sie kein Geld«, konterte Edward lächelnd.

»Wir wollen für die Navy zehn Zerstörer bauen«, mischte David sich ein, und Edward lächelte stärker.

»Dieser Auftrag ist nicht mehr existent. Der Senat hat beschlossen, keine Mittel freizugeben. Die Sache ist geplatzt.«

Man sah Jim Morse an, daß er Mühe hatte, diese Neuigkeit zu verdauen. David war blaß geworden.

»Und wie, zum Teufel, haben Sie das wieder geschafft?« stieß er bebend hervor. »Wie viele Politiker haben Sie schmieren müssen?«

Sein Großvater legte ihm die Hand auf den Arm. »Ruhig, ganz ruhig. Nicht aufregen, David.« Er warf Edward einen verächtlichen Blick zu. »Mister Lewis kämpft mit harten Bandagen.«

»Da muß ich Ihnen recht geben«, versetzte Edward kühl.

Der junge Morse warf seine Serviette auf den Tisch. »Mir reicht's jetzt!« Er zwang sich zur Ruhe und blickte Vivian an. »Vivian, es war ein Vergnügen, Sie kennenzulernen.« Er war aufgestanden und verneigte sich leicht vor ihr. Dann wandte er sich an den alten Morse. »Entschuldige, Großvater, ich muß an die frische Luft.« Ein knappes Kopfnicken in Edwards Richtung folgte. »Mister Lewis ...«

Damit ging David raschen Schrittes davon.

Auch Jim Morse hatte sich erhoben. »Ich schließe mich meinem Enkelsohn an.« Seine Miene glättete sich erst wieder, als er sich Vivian zuwandte. »Ich wünsche Ihnen guten Appetit. Viel Glück, Miss.« Er ging um den Tisch herum und blieb kurz bei Edward stehen.

»Ich warne Sie, Lewis. So leicht, wie Sie sich das denken, wird es nicht.«

»Das wird sich herausstellen, Sir.« In Edwards Gesicht zuckte kein Muskel. Er blickte Jim Morse nach, der hoch aufgerichtet dem Ausgang zustrebte. Dann setzte er sich wieder und senkte den Kopf. Schweigend starrte er auf das roséfarbene Damasttischtuch.

8

Schwacher Lichtschein fiel aus dem Wohnraum ins Schlafzimmer, als Vivian aus dem Bad kam. Sie trug noch ihr schwarzes Cocktailkleid, hatte aber Schuhe und Strümpfe ausgezogen.

»Edward?« rief sie fragend.

»Ich bin draußen«, hörte sie seine Stimme von der Dachterrasse.

Vivian schlüpfte in Edwards Lederslipper, die vor dem Bett standen, und lief damit in den Livingroom. Die Terrassentür stand offen, und Edward saß daneben in einem Stuhl.

»Hast du nicht gesagt, du gehst nie auf die Terrasse?« fragte Vivian, während sie zu ihm schlenderte.

»Wieso?« erwiderte er mit einem matten Lächeln. »Ich bin doch nur halb draußen.«

Sie blickte auf ihn hinunter. »Du warst ja im Auto so schweigsam. Denkst du über den Abend nach?« Mit gesenktem Kopf ging sie auf die Terrassenbrüstung zu und schwang sich hinauf. »Ja, ich hab mich danebenbenommen. Aber ich glaub', das Geschäft ist doch ganz gut gelaufen. Oder nicht?«

Edward schwieg, und sie redete weiter: »Er ist in Schwierigkeiten. Du willst seine Firma kaufen, und genau damit ist er nicht einverstanden.«

»Danke für die Zusammenfassung«, erwiderte er trocken.

»Das Problem ist«, fuhr sie unbeeindruckt fort und baumelte mit den Beinen, »ich habe das Gefühl, du magst Mister Morse.«

»Tu mir den Gefallen und setz dich nicht auf die Brüstung«, bat Edward. »Das macht mich ganz nervös. Komm bitte runter.«

»Das macht dich nervös?« wiederholte sie neckend und beugte sich ein Stück nach hinten. »Was ist denn, wenn ich mich noch weiter zurücklehne? Wenn ich falle? Rettest du mich dann?«

Er drehte gequält den Kopf weg. »Hör auf! Ich kann das gar nicht mit ansehen.«

Vivian bog sich noch mehr zurück und blickte über die Schulter in die Tiefe. »Das ist ganz schön hoch«, stellte sie fest und reckte zu allem Überfluß auch noch die Arme in die Luft. »Ohne festzuhalten! Ohne festzuhalten!« rief sie triumphierend.

Edward wandte sich ihr entsetzt wieder zu, und sie gewahrte seinen gepeinigten Gesichtsausdruck. »Schon gut, okay«, sagte sie rasch und ließ die Arme sinken. »Es tut mir leid.« Sie setzte sich wieder gerade hin, und Edward sagte:

»Tatsache ist, es ist völlig ohne Bedeutung, ob ich diesen Mann mag oder nicht. Ich lasse mich bei geschäftlichen Verhandlungen nicht von Gefühlen beeinflussen.«

»Ja, das kenn' ich. Kit sagt immer zu mir: Laß die Gefühle aus dem Spiel, wenn du einen Kunden hast. Und küssen geht nicht ohne Gefühl. Es ist ähnlich wie bei dir. Man wird kalt, man läßt sich nicht einwickeln. Wenn ich mit einem schlafe, dann bin ich wie ein Roboter. Ich tu's.«

Sie nickte ein paarmal, doch dann fing sie Edwards Blick auf und zuckte zusammen. »Vielleicht nicht immer«, berichtigte sie sich mit einem scheuen Lächeln. »Das ist ... mit dir anders.«

»So was erwarte ich auch«, sagte er prompt. Aber sie wußte nicht, ob er ihr glaubte oder seine Worte spöttisch gemeint hatte. »Ja, ja, bei uns beiden gibt es gewisse Ähnlichkeiten, Vivian. Wir beide legen die Menschen für Geld aufs Kreuz.«

Ein paar Sekunden war es still zwischen ihnen. Von unten hörte man die Geräusche vorüberfahrender Autos. Vivian legte die Arme um die Knie.

»Es tut mir leid, daß dein Vater gestorben ist. Wann ist das passiert?«

»Letzten Monat.«

»Vermißt du ihn?«

Ein bitteres Lächeln tauchte um seinen Mund auf. »In den letzten vierzehn Jahren habe ich kein Wort mehr mit ihm geredet. Ich war nicht da, als er starb.«

»Du willst nicht darüber sprechen?«

»Nein«, sagte er abweisend.

Wieder war es eine Weile still. Dann sprang Vivian plötzlich von der Brüstung. »Ich glaub', ich hab eine Idee. Ich hab eine tolle Idee! Wir machen uns 'ne vegetarische Nacht. Wir setzen uns steif wie Broccoli vor den Fernseher und sehen uns alte Filme an.«

»Steif wie Broccoli?« wiederholte er amüsiert, und sie nickte.

»Ja. Vegetarisches Fernsehen. Wir machen's uns gemütlich. Wir sind faul. Na?« Mit einem erwartungsvollen Lächeln kauerte sie sich vor ihn auf den Boden.

Ein paar Sekunden blickte er schweigend auf sie hinunter. Dann schob er sie sanft von sich und stand auf. »Vivian, ich will jetzt nicht fernsehen. Wir spielen morgen Broccoli, ja?«

»Wo gehst du denn hin?« fragte sie, als er den Livingroom durchquerte.

»Ich geh' runter an die Bar«, erwiderte er und verließ das Penthouse.

Vivian kam sich plötzlich scheußlich allein und sitzengelassen vor. Aber dann verdrängte sie ihre aufkommende Traurigkeit und beschloß, trotzdem fernzusehen. Irgendwann würde Edward schon wiederkommen. Schließlich wohnte er hier.

Vivian schaltete den Apparat ein und suchte so lange auf verschiedenen Kanälen, bis sie einen Spielfilm gefunden hatte. Sie machte es sich auf der Couch bequem, sah sich anschließend den Rest einer Show an und schließlich noch einen Film. Es war ›Charade‹ mit Audrey Hepburn und Cary Grant.

Der Film war bezaubernd, und Vivian genoß ihn aus tiefstem Herzen. Sie vergaß darüber sogar ihre Unruhe um Edward. Bei der Schlußszene war sie fast zu Tränen gerührt, als Audrey Hepburn voller Jubel fragte: »Hast du eben ... Trauschein gesagt?«

Cary Grant zog auf seine unnachahmliche Manier eine Augenbraue hoch. »Wechsle nicht das Thema, gib mir die Briefmarke.«

Audreys große Rehaugen leuchteten. »Oh, ich liebe dich, Adam, Alex, Peter, Brian – oder wie du sonst heißen magst! Ich liebe dich!«

Und während die rauschende Schlußmusik ertönte, küßten sich Audrey und Cary, bis auf dem Bildschirm das Wort ›Ende‹ erschien.

Vivian richtete sich auf und angelte nach der Fernbedienung auf dem Tisch, um den Apparat auszuschalten. Es wurde still, und während sie die Fernbedienung zurücklegte, fiel Vivians Blick auf die Uhr daneben. Sie zeigte vier Minuten vor drei. Und Edward war immer noch nicht da.

Vivians Unruhe war plötzlich so groß, daß sie kurz entschlossen das Telefon zu sich heranzog und die Nummer des Empfangs wählte.

»Hallo«, sagte sie zögernd, als sich die Stimme einer Angestellten meldete. »Ich ruf' aus dem Penthouse an. Der Mann, der hier wohnt, Mister Lewis ... Er wollte an die Bar gehen. Haben Sie ihn irgendwo gesehen?«

Fünf Minuten später fuhr sie mit dem Lift nach unten. Sie hatte sich nicht einmal angezogen, sondern trug immer noch den hoteleigenen Bademantel, in dem sie es sich vor dem Fernseher bequem gemacht hatte. Außerdem war sie barfuß.

Der Liftboy vom Nachtdienst trat auf den Flur, spähte auf den menschenleeren Korridor und winkte Vivian. Sie folgte ihm hastig, als er sie zum Speisesaal führte, hinter dessen geschlossener Tür Klaviermusik ertönte.

Als Vivian eintrat, bot sich ihr ein sonderbares Bild. Der große Raum war matt erleuchtet. Edward saß im Hintergrund am Flügel und spielte selbstvergessen.

Die Tische waren abgeräumt, auf vielen standen Stühle. Einige Kellnerlehrlinge sammelten gebrauchte Servietten ein und stopften sie in einen großen Wäschesack. An einem Tisch in der Nähe des Flügels saß ein Arbeiter vom Hotel und hörte Edward zu. Ein anderer war damit beschäftigt, noch weitere Stühle auf die Tische zu stellen, damit die Reinmachefrauen am frühen Morgen mit ihren Staubsaugern freie Bahn hatten.

Zögernd kam Vivian näher. Edward achtete nicht auf sie. Er war ganz in sein Klavierspiel versunken.

Sie blieb hinter ihm stehen und blickte auf seine Hände und den gesenkten Kopf. Sie verstand nichts von Musik, aber ihr gefiel, was Edward da spielte. Es klang schwermütig und sehnsüchtig und rührte sie an.

Nach einer Weile endete Edward mit ein paar schnellen, brillant gespielten Läufen und einem letzten sanften Schlußakkord, und die Männer im Speisesaal applaudierten ihm.

Er stand auf und wandte sich zu ihnen um. »Ich danke Ihnen. Vielen Dank.«

Vivian lehnte sich an den Flügel. »Ich wußte gar nicht, daß du Klavier spielst«, sagte sie.

»Ich spiele nur für Fremde.« Er setzte sich wieder auf die Klavierbank und sah zu ihr hoch.

»Ich hab mich da oben so einsam gefühlt«, murmelte Vivian, als müsse sie sich für ihr Auftauchen entschuldigen.

Edward sah sie immer noch an, und in seinem Gesicht tauchte etwas auf, das ihr nur zu vertraut war: Begehren.

Sie fühlte sich dadurch sicherer und lächelte ihn an. Sie sah sehr verführerisch aus, wie sie da stand in dem weißen Bademantel, der über der Brust ein wenig aufklaffte, und ihrer üppigen roten Haarmähne. Ihre Augen waren groß und ernst, trotz ihres Lächelns.

Edward wandte sich plötzlich zu den Männern im Speisesaal um. »Gentlemen, würden Sie uns bitte allein lassen?« Er sagte es weder laut noch befehlend, aber trotzdem leisteten die Männer seiner Aufforderung ohne Widerspruch Folge. Einer nach dem anderen verließ den Raum.

»Ich danke Ihnen«, rief Edward ihnen nach, und Vivian fragte:

»Machen die Leute immer alles, was du von ihnen verlangst?«

Er antwortete nichts, sondern legte mit einem tiefen Aufatmen die Hände um ihre Taille und zog sie an sich. Für einen Augenblick sah sie den zerquälten Ausdruck seines Gesichtes, ehe er den Kopf gegen ihren Schoß preßte.

Eine kleine Weile verharrte er so, und Vivian stand ganz still, spürte seinen warmen Atem durch den Stoff ihres Bademantels und streichelte sein Haar.

Dann blickte er zu ihr auf, während seine Hände den Gürtel ihres Mantels lösten. Darunter trug sie ein schwarzes Spitzenhemdchen und einen Slip.

Edward schlug den Mantel auseinander und schob das Hemd hoch. Noch immer sagte er kein Wort, während er begann, Vivians Körper zu streicheln. Nach einer Weile stand er auf und umschlang sie fester mit einem Arm, während die andere Hand unablässig über ihre Taille, die Hüften und ihre Brüste glitt.

»Ja, sie tun es«, murmelte Vivian und gab sich damit selbst die Antwort auf ihre Frage von vorhin. Sie spürte, wie Edwards Berührungen etwas in ihr weckten, Verlangen, Hingabe... Gefühle, die sie nicht wollte und gegen die sie sich doch nicht zu wehren vermochte.

Sie wußte, daß es falsch und ganz und gar unsinnig war, versuchte, sich an Kits Ratschlag zu erinnern: Laß die Gefühle aus dem Spiel. Aber instinktiv begriff Vivian, daß es dafür schon zu spät war.

Sie blickte Edward an und erkannte in seinen Augen, wie sehr er sie wollte. Unwillkürlich atmete sie schneller. Und dann hob Edward sie mit einem Schwung hoch und setzte sie auf den Flügel. Ihre Füße berührten die Tasten und riefen ein paar schrille Dissonanzen hervor, und Edward umfaßte ihr Gesicht und zog es an sich heran, um sie auf den Mund zu küssen.

Vivian widerstrebte. Das nicht, dachte sie voller Panik und drehte den Kopf zur Seite.

Edward merkte, was in ihr vorging, und wollte sie zwingen. Er legte die Hand um ihren Nacken und drehte ihren Kopf wieder zu sich.

»Mit dir ist es anders«, hatte sie vorhin gesagt, und er hatte ihr nicht geglaubt. Doch auf einmal wollte er, daß es für sie anders war als mit jedem anderen Mann, der sie zuvor gehabt hatte.

Vivian keuchte und wehrte sich. Und dann ließ sie sich einfach nach vorn fallen und begann Edwards Hals zu küssen.

Ihre Lippen waren heiß und feucht, und er spürte, daß sie zitterte. Mit einem Aufstöhnen bog er ihre Beine auseinander, so daß er zwischen ihren Schenkeln zu stehen kam. Dann schob er seine Hände um ihren Rücken und preßte sie sich entgegen.

Wieder berührten Vivians Füße die Flügeltasten, doch sie kümmerten sich beide nicht darum. Edward zerrte ihr mit einem schnellen Griff den Slip über die Beine, und als er sich über sie beugte, um seine Lippen auf ihren nackten Bauch zu drücken, warf Vivian den Kopf zurück und umklammerte ihn.

Und er fuhr fort, sie zu streicheln und zu liebkosen, und jede seiner Berührungen weckte heiße Schauer in ihr, die sich in Wellen in ihr ausbreiteten und sie weich und willenlos und ganz offen für ihn machten.

Und noch immer wußte sie, daß es verkehrt und ganz und gar hoffnungslos war, diesen Edward Lewis zu lieben, und dennoch konnte sie nicht anders. Sie wollte ihn, wie sie noch nie in ihrem Leben etwas gewollt hatte.

Als Vivian erwachte, schien die Sonne ins Schlafzimmer, und sie lag allein in dem großen Doppelbett. Edward erschien in der Tür, schon vollständig angekleidet.

»Aufwachen«, sagte er. »Es ist Zeit, einkaufen zu gehen.« Er setzte sich auf den Bettrand, während Vivian zu ihm aufblickte und lächelte.

Sie sah, wie er eine seiner Kreditkarten aus seiner Brieftasche zog. »Falls du in einem Laden Schwierigkeiten mit dieser Karte hast, sollen die sich ans Hotel wenden. Ist das klar?«

Sie reckte sich gähnend und setzte sich hoch. Er gab ihr die Karte, die sie von allen Seiten betrachtete. »Noch mal einkaufen?« fragte sie nicht allzu begeistert.

Edward bückte sich, um einen seiner Schnürsenkel neu zu binden. »Hm. Ich war erstaunt, daß du gestern nur ein Kleid gekauft hast.«

»Es war nicht so lustig, wie ich gedacht habe.«

Er richtete sich auf und betrachtete sie aufmerksam. »Wieso nicht?«

»Sie waren gemein zu mir.«

»Gemein zu dir?« wiederholte er ungläubig, und sie nickte. Da begriff er, und ein ganz unvernünftiger, heißer Zorn stieg in ihm hoch. Diese verdammten, hochnäsigen Geier! Oh, er konnte sich vorstellen, wie sie Vivian behandelt hatten. Aber das sollte ihr nicht noch einmal passieren. Nicht Vivian.

Er blickte auf sie hinunter, und ein Gefühl stieg in ihm auf, das er selten in seinem Leben empfunden hatte. Nicht mehr, seit er erwachsen geworden war. Der Wunsch, jemanden zu beschützen.

Er warf einen Blick auf seine Armbanduhr. Im Grunde hatte er überhaupt keine Zeit. Er mußte in die Firma, weil ... Ach was, das war nicht so wichtig.

Fast hätte Edward über sich selbst den Kopf geschüttelt. Seit wann waren ihm Geschäfte nicht mehr wichtig? Bisher hatten sie an erster Stelle in seinem Leben rangiert. Er hatte Karriere machen wollen, an die Spitze kommen, und das hatte er nur realisieren können, indem er hart und unablässig gearbeitet hatte. Außerdem gab es nichts, was ihn mehr faszinierte als das Jonglieren mit Aktien, mit Geld, die Jagd mit allen ihren Finten, ihrer manchmal brutalen, manchmal subtileren Kriegführung. Er liebte es, an den Fäden zu ziehen und Macht auszuüben.

Trotzdem, an diesem sonnenhellen Morgen war es wirklich nicht mehr so wichtig. Etwas anderes schien wesentlicher. Abgesehen davon konnte er einiges vielleicht telefonisch von unterwegs erledigen.

Eine halbe Stunde später verließen Edward und Vivian das Hotel. Sie trug wieder ihr altes Minikleid, hatte aber ein Hemd von Edward darübergezogen und in der Taille verknotet.

Trotzdem fühlte sie sich unsicher, als sie über den Rodeo Drive schlenderten. Es war wie gestern. Die tollsten Nobelkarossen glitten auf dem Fahrdamm vorüber, unwahrscheinlich schicke Frauen gaben sich dem Vergnügen des Einkaufens hin, zahlten, ohne mit der Wimper zu zucken für ein paar Designer-Kleider oder ein Schmuckstück mehr, als Vivian bisher im ganzen Jahr zum Leben zur Verfügung gehabt hatte, oder erholten sich von den Strapazen des Shoppings in einem der exklusiven Straßencafés.

»Alle Leute starren mich an«, beklagte sich Vivian. Sie hatte einen Kaugummi im Mund und schob ihn nervös hin und her.

»Sie starren nicht dich an, sondern mich«, erwiderte Edward und drückte leicht ihren Arm.

»In den Läden wird man schlecht behandelt. Ich kann das nicht leiden«, beharrte sie.

»Läden sind nicht nett zu Menschen, Läden sind nur nett zu Kreditkarten.« Er blieb vor einer sehr eleganten Boutique stehen, deren Schaufensterauslagen ihm offensichtlich gefielen, und drehte sich zu Vivian um. »Okay. Nicht so herumzappeln.«

»Ja«, murmelte sie folgsam und versuchte, gelassener zu wirken.

»Den Kaugummi raus«, befahl er, und sie spuckte das weiße Ding auf den Boden, als gerade zwei Kundinnen das Geschäft verließen.

»Zufrieden?« fragte sie und lachte, als er indigniert die Augenbrauen hob.

»Das habe ich geträumt«, murmelte er, während er sah, wie die beiden Ladies einen weiten Bogen um den Kaugummi machten, als wäre er ein ekelhaftes Insekt.

Vivian grinste schadenfroh und fühlte sich entschieden besser. Aber das hielt nicht lange vor. Als Edward mit ihr den Laden betrat, hatte sie schon wieder das Empfinden, von allen feindselig oder verächtlich gemustert zu werden, und hätte sich am liebsten hinter einem der Kleiderständer versteckt.

Immerhin – Edward in seinem hellgrauen Zweireiher, der den erstklassigen Schneider verriet, sah kredit- und vertrauenswürdig genug aus, daß ein geschniegelter Mann um die Dreißig sofort auf ihn zuschoß.

»Mein Name ist Hollister. Ich bin der Manager. Darf ich Ihnen helfen?«

Edward nannte seinen Namen und schüttelte Mr. Hollister die Hand. Dann drehte er sich um und deutete auf Vivian. »Sehen Sie die junge Dame da?«

»Ja ...« Es gelang dem Manager nicht ganz, sein Befremden über ihr Outfit zu verbergen. Mini und ein zusammengeknotetes Herrenhemd? Gleichzeitig schien sie ihm zu gefallen, denn er starrte sie an wie ein besonders appetitliches Steak.

Edward grinste unmerklich und legte den Arm um Vivian. »Haben Sie etwas in Ihrem Geschäft anzubieten, das so schön ist wie sie?«

Vivian lachte, und Mr. Hollister wurde bewußt, daß sein Starren reichlich ungehörig war.

»O ja«, stammelte er und verbesserte sich hastig: »O nein. Nein, entschuldigen Sie, ich muß es anders formulieren. Wir haben einiges, was die Schönheit noch hervorhebt. Ja, das wollte ich sagen, genau das. Ich glaube, in dem Punkt sind wir uns einig. Als ich Sie gesehen habe, wußte ich sofort ...«

Edward unterbrach seinen Redeschwall. »Entschuldigen Sie. Wir brauchen ...« Er verstummte und nahm Mr. Hollister beiseite. »Stellen Sie uns ein paar Ihrer Leute zur Verfügung. Ich sag' Ihnen auch, warum.«

»Ja?« fragte der Manager erwartungsvoll.

»Ich möchte bei Ihnen – auf nette Art – ein Vermögen loswerden. Dafür erwarte ich aber auch, daß man uns außergewöhnlich gut behandelt – wenn Sie verstehen, was ich meine.«

Mr. Hollister wirkte geradezu begeistert. »O Sir, ich darf Ihnen gratulieren. Sie sind im richtigen Geschäft, in der richtigen Stadt.« Er führte Vivian und Edward zu einem Sofa, nahm einen Katalog von einem Tisch und drückte ihn ihr in die Hand. »Alles, was Sie hier sehen, können wir Ihnen besorgen. Fühlen Sie sich wie zu Hause.«

»Danke«, sagte Vivian und ließ sich in die weichen Polster sinken, während Mr. Hollister in die Hände klatschte.

»Mary Pat, Mary Kate, Mary Frances, Tovah ...«, rasselte er herunter, während er sich neben Vivian setzte. »Zeigt ihr alles. Kommt, bringt die neuen Modelle her.«

Von überall her tauchten plötzlich Verkäuferinnen auf, mit Kleidern auf den Armen und auf fahrbaren Ständern. Sie umringten Vivian, und Mr. Hollister befahl streng: »Sie weichen ihr nicht von der Seite.«

Edward hatte inzwischen sein drahtloses Telefon aus dem Aktenkoffer geholt und auf einen Ladentisch gestellt, um ein paar Anrufe zu tätigen. Als er nach einer Weile den Hörer vom Ohr nahm, um sich eine Notiz in seinem Taschenkalender zu machen, wandte sich Mr. Hollister an ihn:

»Verzeihen Sie, Sir, eine Frage. Wie hoch genau ist das Vermögen, das Sie bei uns auszugeben gedenken? Ein kleines, ein mittleres – oder ein richtiges Vermögen?«

Edward tippte eine neue Nummer in den Apparat.

Aus dem Augenwinkel sah er, wie die Verkäuferinnen Vivian Kleider vorlegten und sie ihr schmackhaft zu machen versuchten.

»Ein richtiges, das habe ich doch gesagt«, erklärte Edward lässig und nahm den Hörer wieder ans Ohr.

Mr. Hollisters ohnehin schon entzückter Gesichtsausdruck wurde geradezu verklärt. »Dieser Mann gefällt mir!« äußerte er, während er beschwingt zu seinen Verkäuferinnen zurückkehrte.

Edward erledigte seine Telefonate und blickte ab und zu zu Vivian hinüber. Sie war geradezu überwältigt von all den Sachen, die man ihr zeigte, und wußte gar nicht, wo sie zuerst hinsehen sollte.

Als sie nach einem roten Kostüm griff und es fragend hochhielt, schüttelte Edward unmerklich den Kopf. Vivian legte das Kostüm zur Seite, während eine Verkäuferin ihr einen schwarzen Florentinerhut über die Locken stülpte. Wieder warf Vivian einen fragenden Blick zu Edward, und er grinste anerkennend und nickte. Bei einem weiteren Kleid winkte er dann wieder wenig begeistert ab.

Eine halbe Stunde später schwirrte Vivian der Kopf. Die Verkäuferinnen schleppten immer neue Sachen an, Kleider, Kostüme, Mäntel, Röcke, Blusen und Hosen. Sie redeten durcheinander und priesen jedes Stück in den höchsten Tönen.

Einerseits genoß es Vivian, zwischen all diesen Schätzen auswählen zu können, andererseits war sie unsicher, wieviel sie kaufen durfte. Ein Vermögen wollte er ausgeben, hatte Edward gesagt. Aber was war ein Vermögen für ihn?

Schließlich entschloß sie sich, erst einmal ein paar Sachen anzuprobieren. Schwatzend und durcheinanderredend begleiteten die Verkäuferinnen sie zu einer Umkleidekabine, während Edward einen Espresso trank, den Mr. Hollister ihm hatte servieren lassen.

Vivian wünschte sich, er würde zu ihr kommen und ihr sagen, was ihm gefiel, aber er hatte die neueste Ausgabe des Wall Street Journals aus seinem Aktenköfferchen geholt und blätterte sie durch.

Nach einer Weile segelte Mr. Hollister wieder auf ihn zu.

»Mister Lewis ... Sir?« erkundigte er sich beflissen. »Mister Lewis, na, klappt alles? Sind Sie zufrieden?«

Edward setzte seine arroganteste Miene auf. Er sah, daß Vivian heiße rote Wangen hatte und diese Einkaufsschlacht wundervoll fand. Aber er war entschlossen, ihr Vergnügen noch zu vergrößern. Sie sollte sich wie eine Prinzessin fühlen, als Entschädigung dafür, daß man gestern so unverschämt zu ihr gewesen war.

»Unter außergewöhnlicher Behandlung verstehe ich etwas anderes«, sagte er kühl.

Hollister zuckte zusammen. »Aha«, stammelte er ratlos. »Ja, Sir. Sie ... Sie sind nicht nur ein gutaussehender Mann, Sie vereinen auch Macht und Charakter. So was erkenne ich auf einen Blick.«

Edward hatte einen Schluck von seinem Espresso getrunken und setzte die Tasse wieder ab. »Hollister?«

»Ja, Sir?«

Er deutete mit einer Kopfbewegung auf Vivian, die gerade aus der Ankleidekabine trat, von den kichernden und schwatzenden Verkäuferinnen umringt. »Nicht ich – sie ist die Hauptperson.«

Der Manager vollführte eine Verbeugung. »Sie haben ja so recht, Sir. So recht!« Er wirbelte herum und schoß auf Vivian zu. »Kann ich Ihnen behilflich sein?« fragte er devot, und Edward griff befriedigt wieder nach seinem Telefon.

Diesmal rief er bei Lewis Enterprises an, wo Philip Stuckey sich sehr erleichtert zeigte, daß er sich endlich meldete.

»Edward, alter Junge, wo hast du bloß gesteckt? Die Burschen draußen wissen Bescheid. Morse setzt gerade zum Gegenschlag an.«

»Ach, er schlägt zurück?« Edward war überrascht und gleichzeitig amüsiert. Ihm imponierte der Kampfgeist des alten Morse. »Verdammt zäher Hund! Er weiß, daß der Navy-Auftrag blockiert ist. Woher will er Geld bekommen?«

»Keine Ahnung. Kann sein, daß er seine Angestellten mit reinzieht.«

Edward beobachtete, wie Mr. Hollister höchstpersönlich ein paar Kleider anschleppte und Vivian von neuem in der Ankleidekabine verschwand. »So einen Vertrag kann er jedenfalls nicht allein unterzeichnen«, sagte Edward ins Telefon. »Stell fest, wer der Geldgeber ist. Ich bin in einer Stunde da.«

»Aber ja, geht in Ordnung«, erwiderte Philip, und Edward legte auf.

Er las noch eine Weile Zeitung, registrierte zufrieden, daß Mr. Hollister und die Verkäuferinnen ihre Anstrengungen um Vivian verdoppelt hatten und sich darum bemühten, ihr nicht nur Kleider zu zeigen, sondern sie ihrem Typ entsprechend zu beraten, und ging schließlich zu ihr, um ihr seine Kreditkarte zu geben.

Vivian trug gerade ein sehr hübsches blau-weißes Kleid mit dazu passendem blauen Blazer und betrachtete sich im Spiegel. Edward drückte ihr die Karte in die Hand und sagte: »Ich laß dich allein. Muß schnell noch was erledigen.« Er sah die Unsicherheit in ihren Augen und fügte mit ehrlicher Bewunderung hinzu: »Du siehst ganz toll aus.«

Mr. Hollister begleitete ihn zur Tür. »Sie hat meine Kreditkarte«, erklärte Edward ihm, und der Manager warf sich in die Brust:

»Und wir zeigen ihr, was sie damit machen kann.«

Sie zeigten es Vivian wirklich. Bald stapelten sich die Sachen, die sie gekauft hatte, aber Mr. Hollister und die Verkäuferinnen fanden immer noch etwas, was sie unbedingt ebenfalls benötigte. Nach Tageskleidern, Abendkleidern, Kostümen, Taschen und Hüten, Hosen und Blusen kamen Mieder, Dessous und Négligés an die Reihe. Vivian war schon ganz erschöpft von dem stundenlangen An- und Ausziehen, aber dessenungeachtet fand sie es herrlich. Und wie nett alle zu ihr waren!

Zu guter Letzt erstand sie noch ein Dutzend Paar hauchdünner Strümpfe in allen Farbschattierungen, uni oder dezent gemustert, und dann brachte Mr. Hollister persönlich sie in die Schuhabteilung, weil ein eleganter Schuh natürlich das gesamte Erscheinungsbild erst richtig abrundete.

Hier bediente sie ein junger Verkäufer, und während er Vivian half, Sandaletten und Pumps, Abendschuhe und sportlichere Modelle anzuprobieren, blieb ihr Blick an seiner Krawatte hängen. Sie war ziemlich auffallend mit Glitzerfäden bestickt.

»Die Krawatte wäre etwas für Edward, bestimmt«, sagte Vivian begeistert.

Mr. Hollister, der neben ihr kniete, um den Sitz

eines jeden Schuhs fachmännisch zu prüfen, blickte hoch. »Geben Sie sie her«, befahl er dem verblüfften Schuhverkäufer.

»Die Krawatte?« stotterte der junge Mann.

»Keine Widerrede. Sie wollen doch, daß die Dame glücklich ist. Binden Sie sie ab.«

Der Verkäufer richtete sich auf und tat, was sein Chef so kategorisch verlangte. Mit einer höflichen Verbeugung überreichte er Vivian das gute Stück. »Die Krawatte, bitte sehr.«

Vivian strahlte. »Danke. Er wird begeistert sein, todsicher.«

Irritiert gewahrte Mr. Hollister, wie sich die Ladentür öffnete und eine seiner Verkäuferinnen mit einer großen Pizza hereinkam. »Wer hat das denn bestellt?« fragte er ungehalten, und die junge Frau deutete auf Vivian. Woraufhin Mr. Hollister sofort wieder strahlte wie die liebe Sonne persönlich.

Wenn diese so unglaublich zahlungskräftige Kundin Hunger hatte und seine exklusive Boutique mit Pizzadüften erfüllen wollte – bitte sehr!

Als Vivian das Geschäft verließ, war sie so bepackt mit Paketen, Tüten, Kleidersäcken und Hutkartons, daß sie keinen Finger mehr frei hatte. Zwar hätte Mr. Hollister ihr alles ins Hotel geschickt, aber sie war so glücklich über ihre neue Garderobe, daß sie sie keinen Augenblick mehr aus der Hand geben wollte. Außerdem – wer garantierte ihr, daß wirklich alles ins Hotel geliefert wurde, was sie mit Edwards Kreditkarte bezahlt hatte? Ihr bisheriges Leben hatte Vivian gelehrt, mißtrauisch zu sein.

Also wanderte sie, beladen wie ein Weihnachtsmann, über den Rodeo Drive in Richtung Wilshire Boulevard.

Auch diesmal wurde sie angestarrt, aber anders als vorhin. Sie hatte eines der neuen todschicken Kleider an mit dazu passenden hochhackigen Sandaletten.

Das Kleid war weiß, vorn durchgeknöpft, mit kurzen Ärmeln. Dazu trug Vivian lange weiße Handschuhe und den schwarzen Florentinerhut, der Edward vorhin so gefallen hatte. Eine schwarze Unterarmtasche aus Lackleder vollendete den eleganten Aufzug, in dem Vivian sich großartig fühlte.

Sie registrierte die bewundernden Blicke einiger Männer und die neidischen von ein paar Frauen, die weder so jung noch so hübsch waren wie sie, und ihr Hochgefühl stieg.

Auf dem Rückweg kam Vivian an der Boutique vorbei, wo man sie gestern so häßlich behandelt hatte. Sie hatte die Ladentür schon passiert, als sie stehenblieb, kurz überlegte und dann mit einem schadenfrohen Grinsen die wenigen Schritte zurückging.

Die arroganten Verkäuferinnen vom Vortag waren da. Die eine sprach im Hintergrund mit jemandem, die andere, von der Vivian sich erinnerte, daß sie Marie hieß, kam mit einem süßen Lächeln auf sie zu, nachdem sie mit einem schnellen Blick nicht nur die vielen Tüten und Pakete, sondern auch Vivians teures Outfit taxiert hatte.

»Was kann ich für Sie ...«

»Nein, danke!« Sehr von oben herab schnitt Vivian ihr das Wort ab und wandte sich der zweiten Verkäuferin zu.

»Hi. Erinnern Sie sich noch an mich?«

»Nein, es tut mir leid«, sagte die Ältere liebenswürdig.

»Ich war gestern schon hier. Sie haben sich geweigert, mich zu bedienen.«

»Oh ...« Die Verkäuferin machte ein ausgesprochen dümmliches Gesicht.

Vivian ging um sie herum und betrachtete sie mit zusammengezogenen Augen. »Sie bekommen doch Provision, oder?« fragte sie.

Die Verkäuferin nickte. »Ja ...«

Vivian wandte sich zu ihr um und hielt ihre vielen Kleidersäcke und Tüten hoch. »Ein blöder Fehler!« sagte sie genußvoll. »Blöd! Idiotisch!« Sie warf einen letzten vernichtenden Blick in die Runde. »In diesem Laden kaufe ich nicht. Schönen Tag noch.«

Damit rauschte sie hinaus, während die beiden Verkäuferinnen ihr sprachlos hinterherstarrten.

Als sie wieder auf der Straße stand, atmete Vivian tief durch. Ach, das hatte gutgetan! Sie hätte Edward küssen mögen, daß er ihr diesen Triumph über die eingebildeten Ziegen da drin ermöglicht hatte.

Als sie das Regent Beverly Wilshire erreichte, winkte der Hotelportier eilfertig einen Pagen herbei, der ihr einen Teil ihrer Einkäufe abnahm. Der junge Mann ging ihr zum Fahrstuhl voraus.

Mr. Thompson stand bei einer Säule in der Lobby und sprach mit zwei Angestellten. Als Vivian an ihm vorbeiging, wandte er den Kopf. Auf den ersten Blick schien er sie gar nicht zu erkennen. Aber dann lächelte sie ihm zu, und seine Augen wurden groß und rund vor Staunen.

Er lächelte ebenfalls und grüßte sie mit einer ehrerbietigen Verneigung, als wäre sie ein besonders lieber, hochgeschätzter Gast.

Der Hotelpage brachte Vivians Einkäufe nach oben ins Penthouse. Er legte die Sachen im Livingroom ab und wandte sich zur Tür.

»Oh, warten Sie«, sagte Vivian rasch und suchte in ihrer Tasche nach einem Geldstück. Der junge Mann kam zurück und nahm es erfreut entgegen.

»Vielen Dank«, rief Vivian ihm nach, während sie ihren Hut abnahm und sich in einen Sessel sinken ließ. Sie blickte ihre vielen Päckchen, Tüten und Kleidersäcke an und schüttelte fassungslos den Kopf.

9

In dem Hochhaus in der Downtown von Los Angeles, wo Lewis Enterprises seine Büros hatte, hatte Edward inzwischen mit Philip Stuckey und seiner Crew eine ziemlich aufreibende Besprechung hinter sich.

Die Meinungen, wie man weiterhin im Fall von Morse Industries vorgehen sollte, waren hart aufeinandergeprallt. Jake plädierte immer noch dafür, aus dem Geschäft auszusteigen, wenn Jim Morse seine finanziellen Forderungen zu hoch schraubte, und Stuckey hatte mit Vehemenz widersprochen. Er wollte die Sache um jeden Preis durchziehen, und dazu war ihm jedes Mittel recht.

Vance und Mark, die beiden anderen, wogen das Für und Wider sorgfältiger ab und waren deshalb einige Male mit Stuckey aneinandergeraten.

Da Lunchzeit war, vertagte Edward die weitere Besprechung schließlich auf den Nachmittag. »Wir dürfen nichts überstürzen«, mahnte er, aber Stuckey widersprach.

»Freunde, wir bringen die Sache heute nachmittag hinter uns.«

»In Ordnung«, stimmte Jake zu, während er mit den anderen zur Tür ging. Stuckey folgte ihnen.

»Jake, vereinbaren Sie was mit Blair. Ein Termin zwischen zwei und halb drei ist am besten.«

»In Ordnung«, wiederholte der junge Mann. Philip schloß die Tür hinter ihm und kam händereibend zu Edward zurück.

Die von Edward gewünschten Informationen, wer Jim Morses möglicher Geldgeber sein könnte, um den drohenden Zusammenbruch des Unternehmens aufzuhalten, hatte er ohne Schwierigkeiten bekommen. Philip Stuckey verfügte über eine Anzahl hervorragender Verbindungen, die es ihm ermöglichten, immer und überall auf schnellstem Wege zu erfahren, was er wissen wollte.

»Du hattest recht«, sagte er lachend. »Der alte Morse ist am Ende. Er hat seinen gesamten Besitz verpfändet, sogar seine Unterhosen. Er muß einen Kredit aufnehmen. Und nicht etwa bei irgendeiner Bank. Es muß Plymouth Trust sein ... Das paßt uns gut, was?«

Er setzte sich neben Edward, der eine Luftaufnahme der Morse-Schiffswerften studierte und nur etwas Unverständliches vor sich hin murmelte. »Ich brauche es wohl nicht zu betonen. Du bist dort ein wesentlich besserer Kunde als unser Freund Morse. Also rufen wir doch einfach die Bank an.«

Philip schob Edward das Telefon zu. Aber der reagierte nicht, sondern griff nach einem Glas in seiner Reichweite und stellte es verkehrt herum vor sich auf den Tisch. Wieder murmelte er etwas, das genausogut Zustimmung wie Ablehnung bedeuten konnte.

Philip betrachtete ihn mit gerunzelten Brauen. Dann sprang er auf. »Edward, nimm's mir nicht übel, aber was, zum Teufel, ist diese Woche eigentlich mit dir los?«

Keine Antwort. Statt dessen zog sich Edward noch mehr Gläser heran, die neben Saft- und Mineralwasserflaschen auf dem Tisch standen, und setzte scheinbar konzentriert eines auf das andere, immer mit der Öffnung nach unten.

Stuckey beugte sich zu ihm. »Du willst doch nicht etwa den Alten vom Haken lassen?«

»Weißt du, was für mich als Kind am aufregendsten war?« fragte Edward, während er immer noch mit den Gläsern herumhantierte, als gäbe es nichts Interessanteres.

Stuckey versuchte seine Ungeduld zu verbergen. »Was denn?«

»Bauklötze. Damit hab ich immer die höchsten Türme gebaut.«

Der Anwalt fuhr sich über das stark gelichtete dunkle Haar. »Ich hab viel lieber Monopoly gespielt. Wie kommt man schnell an viel Geld.« Er warf Edward einen nervösen Blick zu. »Worauf willst du eigentlich hinaus?«

Edwards Gesicht wirkte nachdenklich. Er erinnerte sich daran, was Vivian über seine Geschäfte gesagt hatte. »Unsere Firma baut nichts, Phil. Wir produzieren nichts.«

»Wir machen Geld«, sagte Stuckey mit der gelegentlich hinter seiner scheinbar netten, jungenhaften Art hervorbrechenden Brutalität. Etwas in Edwards Augen warnte ihn, und er fuhr in verändertem, überredendem Ton fort: »Wir haben ein Jahr harter Arbeit investiert. Du kriegst, was du wolltest. Ich serviere ihn dir auf einem silbernen Tablett. Morse ist uns auf Gedeih und Verderb ausgeliefert. Wir brauchen nur noch zuzuschlagen. Bringen wir's endlich hinter uns. Ruf die Bank an. Na los!«

Langsam, aber entschieden schüttelte Edward den Kopf.

Es war sehr spät, als er an diesem Abend ins Regent Beverly Wilshire zurückkehrte.

Vivian hatte ein Dinner für zwei ins Penthouse bestellt. Der Tisch war festlich mit Kerzen und Blumen gedeckt. Sie saß davor, ohne etwas zu essen, und wartete auf Edward. Und sie war nackt, bis auf die Krawatte des Schuhverkäufers, die sie sich umgebunden hatte.

Die Kerzen waren halb heruntergebrannt und die Speisen des Candlelight-Dinners kalt geworden. Es war sehr still in der Suite.

Vorhin hatte Vivian das Radio für einen Moment angedreht, aber rasch wieder abgeschaltet. Sie mochte keine Musik hören. Sie wollte, daß Edward endlich kam. Sie hatte sich den ganzen Tag über ausgemalt, wie es sein würde, wenn er wieder da war.

Vivian hob den Kopf, als sie hörte, wie die Eingangstür geöffnet wurde. Rasch legte sie die Füße in den hochhackigen Sandaletten auf den Tisch und nahm eine verführerische Pose ein. Sie hatte sich mit großer Sorgfalt zurechtgemacht und frisiert, und sie sah sehr schön aus, wie sie da im Kerzenlicht am Tisch saß.

Edward kam mit einem Aktenordner unter dem Arm in den Wohnraum. Durch die offene Tür sah er Vivian und blieb stehen.

»Liebling«, erkundigte sie sich sanft. »Wie war dein Tag?« Es war genau die Frage, die sie in unzähligen Filmen gehört hatte, wenn liebevolle Ehefrauen ihre heimkehrenden Männer begrüßten.

Ein Lächeln erhellte Edwards abgespanntes Gesicht. »Hübsche Krawatte«, meinte er und kam langsam näher.

»Die habe ich dir mitgebracht.«

Als Vivian aufstand und auf ihn zuging, glitzerten die bunten Fäden der Krawatte im Licht. Edward sah die Erwartung in Vivians Augen, die alles verriet, was sie nicht aussprach. Gefällt sie dir? Freust du dich darüber? Habe ich das Richtige für dich ausgesucht?

Und er reagierte so, wie sie gehofft hatte. Er legte die Arme um sie und küßte sie auf beide Wangen.

Später, nachdem sie das längst kalt gewordene Dinner gegessen hatten, ließ Vivian im Badezimmer Wasser in die Wanne laufen. Sie stieg als erste in das warme, duftende Schaumbad, und Edward folgte ihr.

Die Wanne war groß genug für zwei. Vivian saß hinter Edward und seifte ihm den Rücken ein. Er lachte leise, als sie mit dem Zeh den vergoldeten Heißwasserhahn anstellte und noch mehr warmes Wasser zulaufen ließ.

Entspannt, mit halb geschlossenen Augen, lehnte er sich zurück. Vivian gab Seife auf einen Waschlappen und griff unter seinen Armen hindurch, um mit sanft kreisenden Bewegungen seine Brust einzuseifen.

Es tat ihm wohl, und auf einmal war es ganz leicht, über das zu reden, was ihm den ganzen Tag über zwischen all den Besprechungen, Kalkulationen, Vermutungen und Debatten im Kopf herumgegangen war. Seine Vergangenheit. Die Ereignisse, die ihn dazu gemacht hatten, das zu werden, was er heute war.

Nicht, daß er irgend etwas hätte anders machen wollen. Aber trotzdem hatte Edward plötzlich begonnen, alles, was er bisher getan hatte, in Zweifel zu ziehen und zu hinterfragen. Philip hatte schon recht: Etwas war mit ihm passiert in den letzten Tagen. Etwas war anders geworden.

Ob es an Jim Morse lag? Oder an David Morse, der

seinen Großvater so offensichtlich liebte und bewunderte?

Edward hatte sich früher oft einen Vater gewünscht, den er auf die gleiche Weise lieben und bewundern konnte. Doch das war dem Jungen, der so gerne mit Bauklötzen spielte und große Türme und Häuser daraus errichtet hatte, versagt geblieben. Und es hatte Edward Lewis geprägt.

»Meine Mutter«, sagte er, während Vivians Hände über seinen Körper strichen, »war Musiklehrerin. Sie hat meinen Vater geheiratet, dessen Familie sehr viel Geld hatte. Er hat sie wegen einer anderen Frau verlassen. Sein Geld hat er mitgenommen.«

Vivian schwieg. Sie legte den Waschlappen zur Seite und griff nach einem Schwamm, um die Seife auf seiner Brust abzuspülen.

Edward lehnte sich noch mehr zurück. Er wußte, daß es eine ziemlich alltägliche Geschichte war, die er erzählte. So etwas ereignete sich jeden Tag, und immer blieben Menschen dabei auf der Strecke. Die verlassene Frau, das Kind, das damit nicht zurechtkam, daß der Vater fort war und sich als jemand entpuppte, der nichts gemein hatte mit dem Helden, den es vielleicht zuvor in ihm gesehen hatte.

Die einen wurden gut damit fertig, die anderen gar nicht. Er hatte zu den letzteren gehört.

»Meine Mutter ist gestorben«, sagte Edward. »Ich war furchtbar wütend auf ihn. Für den Satz ›Ich war furchtbar wütend auf ihn‹ hat mir mein Therapeut später zehntausend Dollar abgenommen. Das kann ich doch schon sehr gut, oder? Guten Tag, mein Name ist Edward Lewis, ich bin furchtbar wütend auf meinen Vater.«

Vivian kicherte, während sie den Schwamm mit dem warmen Wasser über seiner Schulter ausdrückte. »Also, ich wäre wütend wegen der zehntausend Dollar.«

»Mein Vater...«, fuhr Edward mit deutlichem Triumph fort, »war Präsident eines Unternehmens, das ich geschluckt habe. Und sowie ich es hatte, wurde es Stück für Stück verkauft.« Ohne sich umzudrehen, nahm er Vivians Hände in die seinen und schloß seine langen, kräftigen Finger darum.

»Was hat der Therapeut gesagt?« erkundigte sie sich, und er hob die Schultern.

»Wieder gesund!«

»Wirklich? Dann seid ihr ja quitt. Das muß dich doch glücklich machen.«

Er hielt immer noch ihre Hände und blickte darauf hinunter. War er wirklich quitt mit seinem Vater? Oder war vielmehr nicht alles, was er bisher getan hatte, eine unbewußte fortgesetzte Abrechnung mit ihm gewesen?

»Na?« fragte Vivian mit einem kleinen Lächeln, und als er nichts antwortete, legte sie die Beine um ihn und lachte. »Hab ich es dir schon gesagt? Mein Bein ist einen Meter und zehn lang. Von der Hüfte bis zum kleinen Zeh. Also wenn man es genau nimmt, reden wir über zwei Meter und zwanzig, die dich umschlingen. Eine Therapie, die du von mir für einen absoluten Spottpreis bekommst. Für dreitausend Dollar. Fast geschenkt.«

Endlich lachte er. »Dreitausend Dollar«, bestätigte er und gab ihr einen kleinen Klaps. Ach, es tat gut, mit ihr zusammenzusein. Vivian tat ihm gut.

Am nächsten Tag fand in dem exklusiven Poloclub von Beverly Hills ein Polomatch statt.

Ein großes Zelt war aufgebaut, in dem es Erfrischungen gab. Am Spielfeldrand drängten sich die Zuschauer und sahen den Spielern zu, die ihre Pferde über den grünen Rasen trieben, auf der Jagd nach dem Ball.

Die eine Mannschaft war in Rot und Weiß gekleidet, die andere in Weiß mit grünen Schärpen. Die jungen Männer sahen gut aus auf ihren Pferden. Ein Ansager in einer offenen Kabine kommentierte das Spiel, das mit großer Vehemenz geführt wurde.

»Ebersol von den Falcons schlägt einen Paß zu Keenan. Hier spricht Bill Fricker. Neben mir sitzt Gwen Olsen. Wir halten Sie während des Kampfes auf dem laufenden.« Seine Stimme, durch die Lautsprecheranlage ein wenig verzerrt, ging im Getrappel der Pferdehufe unter.

Das Spiel hatte gerade angefangen, vor ein paar Minuten erst hatten sich die Mannschaften für den ersten Chukker aufgestellt.

Philip Stuckey traf kurz nach Beginn ein. Er schleppte einen großen Picknickkorb vom Parkplatz, während seine Frau mit einer Decke über dem Arm vor ihm herging. Das Gelände des Beverly-Hill-Poloclubs war riesig, mit üppig grünem Rasen und einzelnen Baum- und Buschgruppen, in deren Schatten viele Zuschauer lagerten und das Spiel aus der Ferne verfolgten.

Lediglich die Fans standen oder saßen am Spielfeld und auf der Tribüne und kommentierten die Leistungen der einzelnen Spieler. Manchmal klatschten sie über einen besonders gelungenen Paß, ein spannendes Duell zwischen zwei Spielern oder ein erzieltes Tor.

Es war heiß, aber ein leichter Wind war aufgekommen und milderte die Glut der Sonne.

Elizabeth Stuckey stolperte über eine Unebenheit im Boden, und Philip, der hinter ihr ging, sagte ärgerlich: »Paß doch auf, wo du hintrittst. Mach dir nicht die Füße schmutzig. Ich möchte keinen Dreck im Auto haben.«

Seine Frau erwiderte nichts darauf, sondern hob nur die Schultern, während sie auf eine breitästige Buche zusteuerte, um darunter ihre buntgeblümte Decke auszubreiten.

»Nicht zu nahe an dem Baum«, nörgelte Phil. »Da sind bestimmt Ameisen.«

Schweigend zog sie die Decke ein Stück zurück, aber so, daß sie immer noch im Schatten lag, und Phil stellte den Picknickkorb ab. Sie entdeckten ein bekanntes Ehepaar und begrüßten einander händeschüttelnd mit den üblichen Floskeln. Dann erkundigte sich Philip: »Haben Sie Edward gesehen?«

Die beiden verneinten, und der Anwalt spürte Unruhe in sich aufsteigen. Zwar war er mit Edward hier verabredet, aber wer wußte, ob er es sich nicht plötzlich anders überlegt hatte? Bei Edward konnte man neuerdings auf alle möglichen Überraschungen gefaßt sein.

Aber Stuckeys Befürchtungen waren grundlos. Edward war kurz nach ihm auf dem Gelände des Poloclubs eingetroffen. Er war mit der hoteleigenen Limousine gekommen, und Vivian begleitete ihn.

Sie trug eines ihrer neuen Kleider. Es war braun mit großen weißen Tupfen. Dazu hatte sie einen weißen

Strohhut aufgesetzt, der ein breites Band aus dem Kleiderstoff hatte. Das Haar hatte sie aufgesteckt, und als sie vorhin beim Verlassen des Hotels noch einen Blick in den Spiegel im Aufzug geworfen hatte, da hatte sie sich selbst gefallen.

Doch als sie jetzt die vielen parkenden Nobelkarossen sah, die eleganten Besucher in Sommerkleidern, hellen Leinen- und Seidenanzügen oder sportlich gewandet – auf jeden Fall aber teuer und exklusiv –, da beschlich Vivian wieder Nervosität, und sie wäre am liebsten im Auto geblieben.

»Was ist, wenn mich hier jemand erkennt?« fragte sie bänglich.

Edward, auch diesmal im korrekten Anzug, einem silbergrauen Einreiher, zu dem er Vivians Krawatte umgebunden hatte, lächelte tröstend. »Unwahrscheinlich. Auf dem Hollywood Boulevard verbringen die hier nicht ihre Zeit.«

»Du schon«, widersprach sie.

Er legte einen Arm um sie. »Na, komm schon, komm. Keine Angst. Du siehst gut aus, du siehst aus wie eine Lady, und du wirst dich wunderbar amüsieren.«

Sie lehnte immer noch mit einem ausgesprochen finsteren Blick an der Limousine. Edward nahm ihre Hände, die sie verkrampft hinter dem Rücken gefaltet hatte. »Also zapple nicht rum, sondern lächle.«

Er zog Vivian mit sich, und sie folgte ihm, während sie sich bemühte, ein besonders strahlendes Lächeln aufzusetzen. Es sah komisch und unglücklich zugleich aus.

Edward steuerte auf die Funkkabine zu. Zwei gegnerische Spieler preschten auf ihren Pferden ziemlich

Wer so schön ist, hat Verehrer. Den netten David Morse zum Beispiel.

Und Phil Stuckey, Edwards Freund. Aber der ist nur auf Sex mit der ›Bordsteinschwalbe‹ aus.

Ein Kollier für eine Viertelmillion Dollar – allerdings nur geliehen.

›La Traviata‹-Premiere in San Francisco. Vivian ist zu Tränen gerührt und Edward sehr zufrieden.

Für einen Tag hat Edward seine Millionengeschäfte vergessen. Er ist einfach nur glücklich.

»Küß nie einen Kunden auf den Mund«, hat Kit immer gewarnt. Doch in dieser Nacht ist alles anders ...

»Ich möchte dich wiedersehen, Vivian. Ich habe schon ein Apartment und ein Auto für dich.«

»Als Kind habe ich von einem Ritter geträumt, der mich, eine gefangene Prinzessin, aus meinem Turm befreit ...«

»Ich verstehe dich, Vivian. Aber zu mehr, als ich dir angeboten habe, fehlt mir der Mut.«

Vivian hat ihn verlassen. Und Edward versucht, seine Höhenangst zu überwinden – in jeder Beziehung.

Am Morgen kauft er Blumen. Vivians Kindheitstraum soll wahr werden.

Die Musik aus ›La Traviata‹ lockt Vivian ans Fenster. Und da sieht sie es: Ihr Ritter steigt zu ihr herauf.

›Prinzessin‹ Vivian und ›Ritter‹ Edward – ein Happy End wie im Märchen.

nahe an der Absperrung vorbei, und der eine schlug den Ball nach hinten, einem seiner Mannschaftskameraden zu, der herangaloppiert kam.

Gwen Olsen, eine hübsche Blondine mit rotem Hut, saß neben dem Ansager, während eine andere junge Frau außen an der weißgestrichenen Kabine lehnte. Als Edward sie erreichte, schob er Vivian ein Stückchen nach vorn.

»Das sind Gwen und Gretchen, die berühmten Olsen-Schwestern. Sie haben die Heirat mit reichen Männern zur Kunst erhoben«, erklärte er neckend und stellte ihnen Vivian vor.

Die beiden gickerten und warfen ihr einen betont lässigen Blick zu, dem gleichwohl keine Einzelheit ihrer Aufmachung und ihres Aussehens entging. Mit einem koketten Lächeln wandte Gwen Olsen sich danach an Edward.

»Oh, Edward ...«, setzte sie an, doch er unterbrach sie mit einem entschuldigenden Lächeln.

»Ich bin gleich wieder da.« Er winkte und steuerte auf zwei ältere Herren zu, die sich in der Nähe unterhielten.

Edward hatte kaum den Rücken gekehrt, als Gwen ihr Fotolächeln ausknipste und Vivian spöttisch betrachtete. »Sie sind also die Favoritin des Monats, ja?«

Ihre Schwester Gretchen lachte geziert. »Ach, wissen Sie, wir sind ein bißchen gereizt. Auf Edward haben es alle von uns abgesehen. Jede Frau möchte ihn sich angeln.«

»Irrtum«, konterte Vivian liebenswürdig. »Ich will mir den Mann nicht angeln. Ich will nur mit ihm schlafen.«

Gwen und Gretchen Olsen blickten ihr verdutzt nach, als sie sich abwandte, um Edward zu folgen. Dann lachte Gretchen. »So was Freches!«

Edward war inzwischen zu dem großen, nach drei Seiten offenen Zelt weitergegangen, um etwas zu trinken zu besorgen. Vivian holte ihn kurz davor ein.

Ein Reiter kam dicht an ihnen vorbei und dribbelte den Ball in Paßsituation mit seinem Stock vor sich her. Die Leute applaudierten. Obwohl Vivian von Polo keine Ahnung hatte, klatschte sie ebenfalls, warf dann die Arme hoch und schrie begeistert, als wäre sie bei einem Footballspiel von zwei High-School-Mannschaften: »Klasse! Gut, gut, gut!«

Einige Zuschauer drehten sich befremdet nach ihr um. Sie verstummte sofort und hakte sich bei Edward unter.

»Erzähl mir noch mal, wieso wir hier sind«, erkundigte sie sich leise.

»Geschäftlich.«

»Du hast hier Geschäftsverbindungen?« vergewisserte sie sich ungläubig, und er nickte.

»Genau.«

Ein Hornsignal kündigte das Ende dieses Chukkers an, und der Ansager gab über Lautsprecher den bisherigen Punktestand der beiden Mannschaften bekannt. »Ladies und Gentlemen! Falcons: sieben, Gems: vier.«

Vivian sah zu, wie die beiden Poloteams vom Feld ritten, während ihnen die Zuschauer wieder applaudierten.

Plötzlich rief jemand Edwards Namen. Es war Philips Stuckey, der mit einigen Leuten an der Bar sprach und den Freund beim Zelteingang entdeckt hatte. Philip entschuldigte sich hastig bei seinen Gesprächspartnern und winkte. »Edward! Edward, komm her!«

Er hatte an der Bar zwei Gläser Champagner erstanden, mit denen er sich jetzt nach draußen drängte, wo einige Tische unter großen Sonnenschirmen aufgestellt waren. Elizabeth Stuckey hatte den Picknickkorb auf einem Tisch ausgepackt.

Edward winkte zurück. Er legte den Arm um Vivian und schob sich mit ihr durch die Umstehenden auf die Stuckeys zu.

Phil grinste erleichtert. »Schön, dich zu sehen, Edward.« Er hatte Elizabeth eines der beiden Champagnergläser gegeben und musterte Vivian mit unverhohlener Neugier.

Edward drückte leicht ihren Arm. »Ich möchte dir eine neue Freundin vorstellen: Vivian Ward.«

»Guten Tag«, sagte Phil höflich. »Ich bin Philip Stukkey. Das ist meine Frau Elizabeth.«

Mrs. Stuckey schüttelte Vivian die Hand. »Es ist immer ein Vergnügen, Edwards Freundinnen kennenzulernen.«

Eine sehr schlanke, sehr schicke Dame ging an ihnen vorbei, und Elizabeth rief geziert: »Du meine Güte, das ist Tate Whitley Wallington. Tate! Ich bin's, Elizabeth! Von der Workout World.« Sie lief der Schlanken nach, und Philip meinte spöttisch:

»Sie ist die unangefochtete Aerobic-Königin. Ein absolutes Energiebündel. Freunde, darf ich euch zu einem Drink einladen? Vivian, Sie können gleich mein Glas nehmen. Ich bin sofort wieder da.«

Er drückte ihr sein Champagnerglas in die Hand und wollte zur Bar, um Drinks für sich und Edward zu besorgen, blieb aber noch einmal stehen. »Übrigens, weißt du, daß Senator Adams hier ist?«

Edward nickte. »Ich habe ihn eingeladen.«

Stuckey schlug ihm auf die Schulter. »Hervorragend! Dafür werde ich dir auch immer und ewig dankbar sein.«

Er ging davon, und Vivian sah ihm mit zusammengekniffenen Augen nach. Irgendwie gefiel ihr dieser Philip Stuckey nicht. Aber das wollte sie Edward nicht sagen, sondern meinte: »Ein angenehmer junger Mann. Wer ist das?«

»Mein Anwalt«, erklärte er. Offenbar hatte er Vivians Antipathie gespürt, denn er fügte hinzu: »Er ist in Ordnung.«

»Und seine Frau ist kalt wie 'ne Hundeschnauze«, platzte sie nun doch heraus, und Edward hob amüsiert die Augenbrauen.

»Wir können es ihr ja nachher sagen.«

Sie ging nicht auf seinen Scherz ein. »Und mit denen bist du befreundet?«

»Ich verbringe mit ihnen die meiste Zeit«, gab er zu.

»Na ja, kein Wunder ...« Vivian nickte ein paarmal.

»Kein Wunder – was?«

»Kein Wunder. Das mit uns mußte so kommen«, behauptete sie und warf ihm einen liebevollen Blick zu.

Während der Pause des Polomatchs ertönten Dixieland-Melodien aus den Lautsprechern. Doch nun trat Gwen Olsen an das Mikrophon der Funkkabine.

»Ich möchte die Damen und Herren um einen kleinen Gefallen bitten«, rief sie, und die Köpfe wandten sich ihr zu. Offenbar wußten schon einige, was für ein Gefallen das war, denn mehrere junge Leute sprangen sofort von ihren Stühlen auf und rannten unter der Absperrung hindurch auf das Spielfeld.

»Helfen Sie uns, den Rasen wieder zu glätten!« fuhr Gwen mit ihrer hohen, ein wenig scharfen Stimme fort. »Er ist durch das Spiel stark beansprucht worden.«

Der Ansager, der immer noch neben ihr saß, assistierte ihr. »Kommen Sie! Kommen Sie möglichst zahlreich. Sie haben es gehört: Helfen Sie uns, den Rasen zu glätten. Das ist eine altbewährte Tradition, Ladies und Gentlemen. Sie ist so alt wie das Polospiel selbst. Sogar Könige haben schon den Rasen glatt gestampft.«

Vivian beobachtete, wie immer mehr Leute auf das Spielfeld liefen, und schloß sich ihnen an, nachdem Edward ihr auf ihren fragenden Blick hin ermunternd zugenickt hatte. Voller Eifer schob sie von den Pferdehufen herausgerissene Grasnarben in die dadurch entstandenen Löcher auf dem Turf, trat sie fest und winkte Edward zu.

Elizabeth Stuckey hatte sich wieder zu ihm gesellt. »Sie ist wirklich reizend«, sagte sie. »Wo hast du sie denn kennengelernt?«

»Das bleibt mein Geheimnis, Baby«, antwortete er und schlüpfte in einem plötzlichen Entschluß ebenfalls unter der Absperrung hindurch, um den anderen beim Rasenglätten zu helfen. Elizabeth blickte ihm verwirrt nach, während Vivian vergnügt Edwards Hand ergriff und gemeinsam mit ihm über das Gras stampfte.

Ihr Mann war inzwischen mit zwei Drinks zurückgekehrt, und Elizabeth bemerkte mit säuerlicher Miene, wie er Vivian mit eindeutig männlichem Interesse beobachtete. Aber sie sagte nichts.

Im übrigen galt Phils Aufmerksamkeit keineswegs

Vivian allein. Er registrierte verwundert, wie sein Freund Edward, ganz im Gegensatz zu seiner sonstigen beherrschten Art, heute geradezu ausgelassen wirkte. Fast wie ein Collegeboy, der zum ersten Mal mit seinem Mädchen ausgeht.

Er und Vivian hatten sich an die Spitze der überwiegend jungen Leute gesetzt, die über das Spielfeld stampften, und Philip fragte sich, ob es Vivians Einfluß zuzuschreiben war, daß Edward sich so verändert hatte. Er schien regelrecht verjüngt und – ja, irgendwie sehr glücklich. Sein dunkles und Vivians helles Lachen schallten bis zu Philip herüber.

Später – bei dem allgemeinen fröhlichen Durcheinander war Vivian von Edward getrennt worden – brachte ein Clubmitglied sie zu den Stallungen, um ihre Schuhe sauberzumachen.

Vivian setzte sich auf das Heck eines offenen roten Sportwagens, und der junge Mann kniete vor ihr nieder, um ihr die Schuhe auszuziehen.

»Das gehört auch zum Polo«, erklärte er. »Die Ladies bekommen von uns die Schuhe poliert. Ich glaube, ich hab noch einen Putzlappen im Auto.«

»Danke schön«, sagte sie, und er ging mit ihren hellen Pumps zum Parkplatz.

In diesem Augenblick kam David Morse aus dem Stallgebäude. Er trug die rot-weiße Kluft seiner Mannschaft und den Helm unter dem Arm. Als er Vivian entdeckte, winkte er ihr überrascht zu. »Vivian! Ich bin David Morse. Erinnern Sie sich?«

»Hallo, David!« Sie sprang von ihrem Sitz herunter und lief barfuß auf ihn zu. Er schien sich offensichtlich zu freuen, sie wiederzusehen.

»Wie geht's Ihnen?« fragte er herzlich.

»Danke, sehr gut.«

»Ich hab Sie gleich wiedererkannt.« Er lächelte und wischte sich mit dem Ärmel seines Polohemds über die verschwitzte Stirn. »Schöner Hut«, meinte er dann anerkennend und deutete auf Vivians Kopfbedekkung, die sie in der Hand hielt.

»Er ist neu«, sagte sie stolz.

»Ja? Gefällt mir.«

»Mir auch«, erwiderte sie, und er griff nach ihrer Hand.

»Kommen Sie, ich zeig' Ihnen ein schönes Pferd.« Er wollte sie mit sich ziehen, doch sie blieb zögernd stehen.

»Ich weiß nicht ... Edward wartet auf mich.«

»Es dauert doch nicht lange.« Er deutete auf einen Braunen, der außerhalb des Stallgebäudes angebunden war.

»Na gut. Aber wirklich nur für eine Sekunde.« Im Davongehen warf Vivian einen besorgten Blick zum Zelt, konnte Edward aber in dem allgemeinen Gewühl nicht entdecken.

Er hatte gerade mit Philip das Zelt betreten, zu dem sich inzwischen Dutzende von durstigen Clubgästen drängten.

Philip, neugierig und beunruhigt, wollte unbedingt Näheres über Vivian erfahren und fragte, genau wie zuvor seine Frau, wo Edward sie denn kennengelernt hätte.

Ihm wollte Edward wenigstens einen Teil der Wahrheit eingestehen. Deshalb berichtete er, wie er sich an jenem Partyabend mit Philips Sportwagen hoffnungslos in Hollywood verfahren und außerdem erhebliche Schwierigkeiten gehabt hatte, mit dem Wagen zurechtzukommen.

»Ich wollte nach dem Weg fragen. Und da ist sie aufgetaucht.«

»Sie ist dir über den Weg gelaufen?« Philip schnalzte anerkennend mit der Zunge. »Hast du ein Glück!«

»Ja«, sagte Edward lächelnd.

»Und was tut sie den ganzen Tag?« bohrte Phil weiter. »Hat sie 'n Job?«

Um Zeit zu gewinnen, schob Edward sich näher an die dicht umlagerte Bar heran. »Ja, sie ... sie verkauft«, sagte er schließlich vage.

»Interessant. Fabelhaft ... gut!« rief Philip mit übertriebener Begeisterung. Auch das war neu an Edward, diese Geheimnistuerei. Er ließ sich ja buchstäblich jedes Wort aus der Nase ziehen. »Was verkauft sie denn?«

Scheinbar interessiert beobachtete Edward, wie die Kellner hinter der Bar die Gläser füllten. »Was soll die Frage?«

Philip betrachtete ihn mit schiefgelegtem Kopf. »Ach, mir machst du nichts vor. Wir kennen uns ja schon ein paar Jährchen. Und ich ... bemerke Veränderungen an dir.« Er deutete auf die Glitzerkrawatte. »Die Krawatte ist neu ... Und ich frage mich, ob das Mädchen vielleicht dahintersteckt.« Während seiner letzten Worte hatte er sich umgewandt und deutete nach draußen. »Besonders, wenn ich sehe, daß sie gerade mit David Morse redet.«

Edward blickte ebenfalls in die angegebene Richtung. Tatsächlich sah er dort Vivian mit David bei seinem Pferd stehen. Sie unterhielten sich lebhaft, und Vivian lachte und nickte ein paarmal.

Es war Edward gar nicht bewußt, wie sehr sein

Gesichtsausdruck sich veränderte. Aber Philip registrierte sehr wohl die Betroffenheit in seinen Zügen, gepaart mit aufkeimendem Mißtrauen, das der Anwalt allerdings anders auslegte.

»Ich habe sie ihm vorgestern beim Dinner vorgestellt«, sagte Edward schließlich. Und er dachte: Was, zum Teufel, hat sie mit dem Burschen zu reden? Hält sie ihn etwa für einen möglichen Kunden, wenn die Woche mit mir um ist?

»Ach, und heute sind sie schon die besten Freunde!« Philips Stimme klang sarkastisch. »Sie kommt plötzlich aus dem Nichts und unterhält sich angeregt mit dem Mann, dessen Firma wir aufkaufen wollen.«

»Ach, hör doch auf«, warf Edward ein, doch Philip ließ sich nicht bremsen.

»Da ist doch etwas faul. Es kann doch sein, daß sie nur freundlich zu dir ist, weil sie Informationen über unser Vorhaben an den alten Morse liefern soll.«

Edward versuchte vergeblich, Philip von diesem absurden Gedanken abzubringen. Der Anwalt war sicher, auf der richtigen Spur zu sein.

»So was passiert laufend. Ich schwöre dir, Industriespionage ist heutzutage ...«

»Phil, Phil«, sagte Edward, nachdem er ein paarmal vergeblich versucht hatte, zu Wort zu kommen. »Hör mir doch zu!«

»Wieso glaubst du mir nicht?« fragte Stuckey verbissen.

Edward beobachtete, wie Vivian immer noch mit David Morse sprach, und das brachte ihn so durcheinander, daß er nun doch verriet, was Philip unter gar keinen Umständen hatte wissen sollen.

»Sie ist keine Spionin. Sie ist eine Nutte.«

Für einen Moment war Philip Stuckey sprachlos. Dann sagte er grenzenlos erleichert: »Na, dann ist's ja gut.«

»Hör mir doch zu. Sie ist eine Nutte. Es fing auf dem Hollywood Boulevard an. In deinem Schlitten.«

Stuckey begann zu lachen. Erst jetzt begriff er richtig, was Edward ihm da eröffnet hatte. Er lachte aus vollem Hals und hätte sich am liebsten vor Vergnügen auf die Schenkel geschlagen. »Nein!« wieherte er.

»Aber ja!« bestätigte Edward, und Philip lachte noch lauter.

»Du bist der einzige Millionär, den ich kenne, der es fertigbringt, 'ne Bordsteinschwalbe aufzureißen.«

Edward wurde klar, daß er einen riesengroßen Fehler begangen hatte, indem er Phil einweihte. »Es war Quatsch, daß ich es dir erzählt habe«, sagte er ärgerlich. Er wollte Phil noch bitten, von seinem Wissen auf keinen Fall in irgendeiner Weise Gebrauch zu machen, doch dazu kam es nicht mehr, weil ein untersetzter glatzköpfiger Mann ihn anrief.

»Edward ...«

Während Stuckey immer noch lachte, ließ Edward ihn einfach stehen und ging auf den Mann zu. »Senator Adams, ich freue mich, daß Sie hergekommen sind.«

Der Senator reichte ihm die Hand. »Vielen Dank. Ich hoffe, die kleine Information war hilfreich für Sie.«

»Ich bin Ihnen sehr dankbar dafür«, erwiderte Edward. »Es ändert sich doch nichts daran, oder?«

»Nein, die Sache liegt immer noch auf Eis.«

Edward nickte zufrieden. Er wußte, er konnte sich

auf Senator Adams verlassen. Der Navy-Auftrag für Morse Industries war so gut wie geplatzt.

Philip Stuckey hatte inzwischen beobachtet, daß Vivian sich von David Morse verabschiedet hatte und offenbar auf der Suche nach Edward war. Sie stand unter einem Baum im Schatten und blickte sich immer wieder nach allen Seiten um.

Mit einem breiten Grinsen schlenderte Philip auf sie zu. »Gefällt's Ihnen hier, Vivian?«

Sie wandte ihm das Gesicht zu. »Ach ja, ich finde, es ist alles sehr aufregend.«

Phils Grinsen bekam etwas Hinterhältiges. »Bestimmt aufregender als auf dem Hollywood Boulevard.«

Vivians Lächeln erstarrte. »Was?« fragte sie fassungslos.

»Edward hat mir alles erzählt.« Er gewahrte das Entsetzen in ihren Augen und fügte vertraulich hinzu: »Nein, nein, das ist bei mir gut aufgehoben. Hab keine Angst.«

Vivian fühlte sich wie betäubt. Mit zitternden Lippen starrte sie auf das Gras zu ihren Füßen.

Philip trat noch näher an sie heran und strich mit seiner Sonnenbrille, die er abgenommen hatte, spielerisch über ihren nackten Arm. »Können wir beide ... uns nicht mal treffen, wenn Edward wieder in New York ist?« fragte er gedehnt.

Vivian schluckte und drehte sich ihm zu. Er war zu unsensibel, um zu begreifen, was in ihr vorging, sondern lächelte nur selbstzufrieden, als sie leichthin erwiderte:

»Ja, natürlich. Wieso nicht? Ja ...«

Er tätschelte ihre Schulter. »Hm, das müssen wir beide unbedingt mal tun.«

In diesem Augenblick rief seine Frau nach ihm, und Philip Stuckey wich hastig zurück. Er lächelte Vivian noch einmal zu, was sie gar nicht bemerkte, und ging dann rasch davon.

Vivian kämpfte mit den Tränen. Der Tag war immer noch so hell, sonnig und fröhlich wie zuvor, aber ihr war zumute, als habe sich ein Schleier darüber gelegt.

Wie hatte Edward ihr das antun können!

Gwen Olsen war wieder ans Mikrophon getreten. Ihre Stimme schallte über das Gelände und übertönte das Lachen und Schwatzen der Leute, das allmählich verstummte. Die Pause war vorüber, das Match würde in ein paar Minuten fortgesetzt werden.

»Und nun möchte ich noch einige Sponsoren erwähnen!« hörte Vivian Gwens Stimme. »Jacobs Compagnie. Norell Saddlery – und zum Schluß möchte ich unserem Hauptsponsor unseren besonders herzlichen Dank aussprechen: Edward Lewis Enterprises.«

Ein paar Leute klatschten, und in diesem Moment sah Vivian ihn. Edward stand in der Nähe des Zeltes und nickte ihr zu.

Vivians Magen krampfte sich zusammen. Sie drehte sich hastig ab und senkte den Kopf. Sie hatte nicht weinen wollen. Warum auch? Es gab keinen Grund dafür. Edward hatte seinem Freund Philip Stuckey schließlich nur die Wahrheit gesagt. Sie war eine Hure vom Hollywood Boulevard, die er bezahlte. Und die nach ihm andere Männer bezahlen würden. Männer wie Philip Stuckey zum Beispiel ...

Vivian schlang die Arme um sich. Trotz der sommerlichen Wärme war ihr kalt. Heul doch nicht, du blöde Kuh! dachte sie, während ihr die Tränen schon über das Gesicht liefen.

Die Polospieler hatten mit ihren Pferden wieder auf dem Feld Aufstellung genommen. Der letzte, entscheidende Teil des Matches wurde durch ein Hornsignal angekündigt, und Gwen Olsen rief über Lautsprecher: »Und der Ball ist in Chukker Nummer vier!«

Im nächsten Augenblick galoppierten die Pferde an, und Vivian wischte sich mit dem Handrücken über die Wangen. Dann ging sie langsam auf Edward zu.

10

Es dunkelte, als Vivian und Edward ins Regent Beverley Wilshire zurückkehrten. Seine Post lag auf einem Tischchen im Vorraum des Penthouses.

Mit zornigem Schwung knallte Vivian die Tür zu und warf ihren Hut auf den gegenüberstehenden Tisch. Dann ging sie schweigend in den Wohnraum.

Edward blickte von seiner Post auf. »Ist alles in Ordnung?«

»Aber ja doch«, entgegnete sie spitz.

Er nahm seine Briefe und folgte ihr. »Wie nett! Das hab ich jetzt genau siebenmal gehört, seit wir den Poloplatz verlassen haben. Kannst du zur Abwechslung mal was anderes sagen?«

Vivian fegte an ihm vorbei ins Schlafzimmer. »Arschloch!« rief sie. »Das ist was ganz anderes!«

Edward legte seine Post auf den Schreibtisch und wollte ihr nachgehen. Da knallte schon wieder eine Tür, diesmal die vom Bad, in dem Vivian verschwunden war. »Da war das andere besser«, murmelte Edward seufzend.

Sie riß die Tür wieder auf. »Eins mußt du mir mal erklären: Warum mußte ich mich eigentlich so schick machen?«

»Ganz einfach. Weil du mir so am besten gefällst.«

Er betrat das Schlafzimmer und zog sein Jackett aus, während Vivian im Ankleideraum die Haarnadeln und Kämmchen aus ihren aufgesteckten Haaren zog.

»Nein, das meine ich nicht. Wenn du schon jedem erzählen mußt, daß ich eine Nutte bin, wieso darf ich dann nicht meine eigenen Sachen anhaben?«

Das also war's. Verdammter Phil! Edward sank auf das Bett und warf seine Jacke daneben. »Das hab ich nicht getan! Hab ich nicht getan!« verteidigte er sich hitzig, aber Vivian hörte überhaupt nicht zu.

»Wieso nicht?« wiederholte sie ihre Frage. Ihre Stimme kippte über vor Wut. »In meinen eigenen Klamotten fühl' ich mich sicherer, wenn mich so ein schmieriger Kerl wie Stuckey anmacht. Dann bin ich vorbereitet.«

Er blickte ihr nach, als sie wieder in den Livingroom rannte, und empfand ein scheußlich schlechtes Gewissen. Warum hatte er bloß Phil gegenüber nicht den Mund gehalten?!

»Es tut mir sehr leid. Ich bin auch nicht gerade erfreut darüber, was Stuckey gesagt oder getan hat. Aber er ist mein Anwalt, und wir kennen uns schon seit zehn Jahren. Er hat geglaubt, du bist eine Industriespionin. Der sieht Gespenster.«

Vivian war zur Bar gegangen und hatte eine Flasche Cola light aus dem Kühlfach genommen. Vergeblich mühte sie sich ab, den Verschluß aufzudrehen.

»Glaubst du, du bist mein Zuhälter?« Zornig knallte sie die Flasche ungeöffnet auf die spiegelnde Theke. »Willst du mich an deinen besten Freund weiterreichen? Ich bin nicht dein Spielzeug!«

»Aber das bist du nicht, und das weißt du auch. Vivian ... Vivian, ich rede mit dir!« Er versuchte sie aufzuhalten, als sie wieder in den Ankleideraum stürmte. »Komm zurück!«

Sie blieb tatsächlich stehen, und Edward schüttelte ein paarmal den Kopf.

»Ich hasse es, die Dinge so beim Namen zu nennen, aber du bist tatsächlich eine Nutte. Und du bist meine Angestellte!« setzte er triumphierend drauf, weil ihr verbiesterter Gesichtsausdruck ihn langsam ärgerte. Seit wann durften Angestellte so frech sein?

»Aber ich bin nicht dein Eigentum!« brüllte Vivian. »Ich entscheide! Ich sage wer, ich sage wann, ich sage wo!«

Edward verzog gepeinigt das Gesicht und wurde nun ebenfalls laut. »Schluß jetzt! Ich will mich nicht in den nächsten drei Tagen nur noch mit dir streiten. Ich hab mich entschuldigt, und das hab ich auch so gemeint. Das wäre alles!«

Ein paar Sekunden starrten sie einander erbittert an. Dann senkte Vivian den Kopf. »Es tut mir leid, daß ich dir begegnet bin. Es tut mir leid, daß ich in dein blödes Auto eingestiegen bin.« Sie kämpfte mit den Tränen und lief ins Bad.

Edward folgte ihr, und weil sie nicht mehr mit ihm reden wollte, rannte sie durch die zweite Tür schon wieder nach draußen.

»Tu bloß nicht so, als ob du bessere Angebote gehabt hast!« höhnte er.

Vivian zerrte ihre Sachen aus einem Schrank. Die Stiefel, den Mantel, das taillenfreie Minikleid. Edward stand in der Diele und riß sich seine Krawatte ab, als sie sich mit den Kleidern auf dem Arm vor ihm aufbaute.

»Ich bin noch niemals so mies behandelt worden wie von dir heute. Ich komm' mir so schäbig vor.«

Nun weinte sie doch vor ihm, aber Edward war inzwischen zu wütend, um darauf Rücksicht zu nehmen. »Du erwartest doch nicht etwa, daß ich dir das glaube!«

Er hatte sich entschuldigt, aber sie war offenbar nicht bereit, das anzunehmen. Man denke! Miss Vivian Ward war beleidigt, weil er eine Nutte eine Nutte genannt hatte. Pah!

Er lief wieder ins Bad, während Vivian im Ankleideraum in fliegender Hast die Sachen zusammensuchte, die er ihr gekauft hatte. Im Schlafzimmer nahm sie schluchzend ihre elegante Designer-Handtasche vom Bett, zog im Livingroom ihre alte Schultertasche unter einem Sofa hervor und wäre fast mit Edward zusammengeprallt, als sie erneut ins Schlafzimmer stürmte.

Er sah die abgewetzte Beuteltasche, die sie sich über die Schulter geworfen, all die Kleidungsstücke, die sie zusammengepackt hatte, und fragte, nun doch ziemlich beunruhigt: »Wo gehst du hin?«

Sie sah verweint aus, aber ihre Augen funkelten immer noch zornig. »Ich will sofort mein Geld, und dann verschwinde ich.«

Ein paar Sekunden starrte er sie völlig geschockt an. Dann ging er zum Bett, holte die Brieftasche aus seiner Jacke und entnahm ihr ein dickes Bündel Hundert-Dollar-Noten. Schweigend und ohne nachzuzählen warf Edward es auf die Bettdecke. Anschließend ging er mit großen Schritten in den Livingroom hinüber.

Vivian schloß für einen Moment die Augen. Dann blickte sie Edward nach, blickte auf das Geld, und irgend etwas in ihr dachte sehr klar und deutlich: Nimm's! Es bedeutet ein paar Monate Leben. Ein paar Monate Sicherheit.

Aber sie konnte es plötzlich nicht. Sie konnte sich nicht dafür bezahlen lassen, daß sie Edward Lewis geliebt hatte.

Edward, der bei der Bar stand und so tat, als ob er einen Brief läse, hörte, wie Vivian hinter ihm durch den Wohnraum nach draußen rannte. Dann fiel die Tür der Suite zu.

Bei dem lauten Knall fuhr er zusammen. Er lief zum Schlafzimmer und sah, daß das Geld unberührt auf dem Bett lag.

Vivian stand unterdessen vor dem Lift und hämmerte verzweifelt auf den Rufknopf.

»Komm schon«, flehte sie. Sie warf einen Blick auf die Tür von Edwards Suite und sah rasch zur Seite, als er sie öffnete und auf den teppichbelegten Korridor trat. Sie hörte, wie er auf sie zukam und hinter ihr stehenblieb. Aber sie wandte sich nicht nach ihm um, sondern starrte angestrengt auf die geschlossenen Aufzugtüren.

»Es tut mir leid«, sagte Edward leise. Er wartete auf irgendeine versöhnliche Reaktion von ihr, doch Vivian rührte sich nicht, sondern hielt den Blick starr nach vorn gerichtet. Edward atmete tief durch.

»Ich wollte ... ich war auf einen Streit mit dir nicht vorbereitet. Es war dumm von mir und ... gemein. Und völlig überflüssig.«

Als sie sich nun doch endlich zu ihm umdrehte, hatte sie wieder Tränen in den Augen, und er fügte hastig hinzu: »Ich möchte nicht, daß du gehst. Bitte, bleib bei mir.«

»Wieso?« fragte sie erstickt.

Er wich ihrem Blick aus. »Du hast dich mit David Morse unterhalten. Das hat mir nicht gefallen.«

»Wir haben doch nur geredet ...«, sagte sie verwundert.

Ein kleines selbstironisches Lächeln huschte um seinen Mund. Dann blickte er wieder Vivian an. »Gar nicht gefallen ...«, wiederholte er, und sie begriff, wie schwer ihm dieses Geständnis fiel.

In diesem Moment ertönte das Klingeln des haltenden Aufzugs, und die Türen glitten auseinander.

Dennis hatte Dienst. Er trat auf den Korridor und strahlte Vivian hingebungsvoll an. Dann entdeckte er Edward und fragte rasch: »Nach unten?«

Vivian blickte zu Edward hoch, aber er schwieg und wartete offenbar auf ihre Entscheidung. Doch in seinen Augen stand etwas, das es ihr auf einmal ganz leicht machte, in Dennis' Richtung den Kopf zu schütteln.

Der junge Mann trat in die Kabine zurück und drückte auf den Knopf für das Erdgeschoß. Während Vivian und Edward einander anblickten, hörten sie, wie sich die Aufzugtüren schlossen und der Lift sich in Bewegung setzte.

Vivian rührte sich nicht von der Stelle. »Du hast mich verletzt«, sagte sie, und Edward nickte.

»Ja.«

»Tu das nie wieder.«

Er erwiderte nichts darauf, aber während sie ihn immer noch ansah, verlor ihr Blick seine Härte und wurde nachgiebig. Vivian wandte sich um und ging langsam auf die offenstehende Tür des Penthouses zu.

Edward nahm ihr hastig die beiden Taschen ab, ließ sie eintreten und schloß hinter sich und Vivian die Tür.

In dieser Nacht erloschen die Lampen im Schlafzimmer des Penthouses sehr spät.

Edward und Vivian hatten einander mit verzweifelter Heftigkeit geliebt, wohl wissend, wie zerbrechlich und schwankend die Brücke war, die zwischen ihnen bestand. War sie tragfähig genug, um noch mehr und größere Belastungen auszuhalten?

Sie glaubten beide nicht daran, und gerade das verlieh ihrer Umarmung eine fast schmerzende Intensität, die sie bis zur Erschöpfung auskosteten.

Lange Zeit danach lagen sie noch still beieinander und sahen sich nur an, berührten sich hin und wieder mit sanfter, zufriedener Zärtlichkeit, bis Vivian das Schweigen unterbrach.

Sie hatte noch nie mit jemandem darüber geredet, wie sie auf dem Hollywood Boulevard gelandet war. Aber auf einmal fand sie, daß Edward es wissen mußte. Nicht, daß sie sich verteidigen wollte. Er sollte es nur wissen, und vielleicht würde er dann verstehen ...

»Der erste Freund, den ich hatte, der war nichts und hatte auch nichts. Der zweite war noch schlimmer. Mutter hat immer gesagt, daß ich sie magisch anziehe.« Vivian lächelte ein wenig. »Immer, wenn so ein Versager in meiner Umgebung aufkreuzte, hab ich mich sofort in ihn verliebt. Es kam, wie es kommen mußte. Mit dem dritten bin ich dann durchgebrannt.«

»Hm ...«, machte Edward nur, aber sie las in seinem Blick, daß sie weiterreden sollte.

Sie zuckte mit den Schultern. »Und so bin ich in dieser Stadt gelandet. Ohne Geld, ohne ihn, ohne Freunde.«

Er stützte den Kopf in die Hand. »Wieso hast du dir keinen richtigen Job gesucht?«

»Ich hab zuerst in ein paar Fastfood-Läden gejobbt. Und Parkplatzwächterin war ich auch 'ne Zeitlang. Für die Miete fast zu wenig, aber ich hab mich geschämt, nach Hause zurückzugehen. Da hab ich Kit getroffen. Sie hat mir vorgeschwärmt, wie toll es ist, Nutte zu sein.«

Sie blickte zur Decke hoch. »Eines Tages hab ich's getan ... und die ganze Zeit dabei geheult. Nach und nach hatte ich feste Kunden. Na ja ... Ich bin da so reingerutscht, und aus war's mit meinen Kindheitsträumen.«

»Es gibt so viele andere Möglichkeiten«, sagte Edward ohne Vorwurf.

Vivian schüttelte den Kopf. »Wenn man so weit abgerutscht ist, gibt es nicht mehr viele Möglichkeiten.« Sie lächelte scheu und kehrte Edward wieder das Gesicht zu. Er betrachtete sie.

Sie war schön, und trotz allem, was hinter ihr lag, hatte sie sich etwas bewahrt, was andere Menschen mit einer wesentlich besseren Ausgangsposition als sie in sich selbst zerstört – oder zugelassen hatten, daß man es zerstörte: ihren Stolz. Sie war durch Schmutz gegangen, ohne innerlich selbst schmutzig geworden zu sein. Das konnten nicht viele von sich behaupten.

»Für mich bist du eine sehr kluge Frau«, sagte Edward. »Und eine ganz besondere Frau.«

Ihre Augen wurden feucht. »Wenn man mir häßliche Sachen sagt, fällt es mir leichter, die zu glauben. Geht es dir auch so?«

Er nickte unmerklich.

Philip Stuckey stand in der Empfangshalle von Lewis Enterprises und winkte ungeduldig ab. »Nein, ich hab jetzt keine Zeit. Ich ruf' ihn am Montag an.«

Die Empfangsdame hinter der weißen Theke nickte. »Ja.«

Stuckey fuhr kurz herum, als seine Assistentin Blair mit einem Arm voller Akten aus dem Konferenzraum kam. »Wo gehen Sie hin? Hat er das schon unterschrieben?« fragte er und deutete auf die Akten.

»Nein, er hat nur gesagt, daß er gleich weg will.«

Im nächsten Augenblick erschien Edward in der Tür, im Begriff, die Firma zu verlassen. Philip schoß auf ihn zu.

»He, Edward, du kannst doch nicht einfach abhauen. Die Sache ist viel zu wichtig.«

»Nur keine Panik, Philip«, bremste Edward ihn. »Morse entwischt mir schon nicht. Morgen bin ich zurück.« Er legte zwei Theaterkarten auf das Pult der Empfangsdame. »Schicken Sie bitte die Karten ins Hotel.«

»Ja, Sir«, sagte die junge Frau mit dem bewundernden Lächeln, das sie immer für ihren gutaussehenden Chef parat hatte.

»Danke.«

»Was hast du denn vor?« erkundigte Stuckey sich ungehalten, und Edward erwiderte knapp:

»Ich bin verabredet.«

»Mit der kleinen Nutte, ja?« Stuckey grinste anzüglich.

Edward, der sich schon zum Ausgang gewandt hatte, blieb abrupt stehen. »Sei vorsichtig, Philip«, sagte er gefährlich leise, und seine Augen waren so kalt, daß Stuckey sich unwillkürlich duckte. Ohne ein weiteres Wort verließ Edward die Halle.

Er fuhr ins Hotel, nachdem er noch eine Besorgung auf dem Rodeo Drive erledigt hatte. Vivian hatte er schon von der Firma aus angerufen und sie gebeten, ein Abendkleid anzuziehen und sich besonders hübsch zu machen. Mehr hatte er nicht verraten.

Und auch jetzt, während er rasch duschte und sich anschließend in seinen Smoking warf, ließ er sich kein Wort über sein Vorhaben entlocken.

Als er fertig war, goß Edward sich an der Bar einen Drink ein, während Vivian noch im Schlafzimmer war. Sie erschien wenig später in einem traumhaften, leuchtend roten bodenlangen Chiffonkleid mit großem Dekolleté, das die Schultern und den Ansatz ihrer Brüste freiließ. Der geraffte Stoff schmiegte sich eng um ihre Taille und lief dann in einem leicht ausgestellten Rock aus. Dazu trug sie lange weiße Handschuhe und eine kleine goldene Abendtasche. Das Haar hatte sie aufgesteckt.

Sie fand selbst, daß sie gut aussah, und blieb kokett in der Mitte des Raumes stehen, damit Edward sie bewundern konnte. »Kann man so mit mir weggehen?«

Er trat einen Schritt zurück und musterte sie vom Kopf bis zu den Fußspitzen. »Hm ...«

»Hm?« wiederholte sie, und er unterdrückte ein Lächeln.

»Irgend etwas fehlt noch.«

»Was denn?« Nervös blickte sie an sich hinunter. »Das Kleid ... also ich glaub' nicht, daß da noch etwas reinpaßt.« Sie zupfte am Ausschnitt herum und betastete den Sitz des Rockes über ihren Hüften, während Edward einen viereckigen flachen Samtkasten von der Bartheke nahm.

»Wirf einfach einen Blick hier rein«, sagte er lässig. »Und gerate nicht gleich aus dem Häuschen. Alles nur geliehen.«

Sie starrte erst ihn, dann den dunkelblauen Samtkasten an, den Edward nun öffnete. Ein atemberaubend schönes Kollier mit dazu passenden Ohrclipsen lag darin, bestehend aus dunkelroten Rubinen, die in Brillanten gefaßt waren.

Stumm vor Staunen, berührte Vivian die funkelnde Pracht mit einem Finger, als Edward die Box rasch wieder zuklappte. Vivian quietschte auf und zog erschrokken die Hand zurück. Dann brach sie in Lachen aus.

Auch Edward lachte und zog sie mit sich ins Schlafzimmer, wo er ihr das Kollier vor einem Spiegel um den Hals legte.

Sie betrachtete sich fassungslos. »Sag mal, du kannst dir so was beim Juwelier einfach ausleihen?«

Er schmunzelte. »Wieso nicht? Ich bin einer seiner besten Kunden.«

Vivian drehte sich vor dem Spiegel hin und her. »Aha.« Sie warf ihm einen neugierigen Blick zu. »Wenn du so was kaufst, was würde das kosten?«

»Eine Viertelmillion?«

Sie lachte ungläubig. »Eine Viertelmillion Dollar?« Während sie den Schmuck betastete, sah sie im Spiegel, wie Edward nickte. Er hatte also doch keinen Scherz gemacht. Der Schreck machte Vivian stumm.

Erst als sie im Lift nach unten fuhren, fand sie die Sprache wieder. »Wohin gehen wir?« wollte sie wissen, aber er schüttelte den Kopf und machte nur ein geheimnisvolles Gesicht.

»Das ist eine Überraschung.«

Sie warf ihm einen liebevollen Blick zu. »Falls ich

nachher vergesse, es dir zu sagen: Ich hab heute viel Spaß gehabt.«

»Ich auch«, sagte er und berührte zärtlich ihre Hand.

Als sie den Fahrstuhl verließen, zog Vivian sämtliche Blicke auf sich. Pagen, Hotelgäste, die Angestellten hinter der Rezeption, alle starrten sie bewundernd an. Edward zog ihren Arm durch den seinen und lächelte zufrieden, während Vivian nervös nach dem Kollier tastete. Eine Viertelmillion Dollar trug sie um den Hals – du lieber Himmel!

Mr. Thompson befand sich ebenfalls in der Lobby. Als er Vivian erblickte, erstrahlte er geradezu voll väterlichen Stolzes und verneigte sich besonders formvollendet. Der Manager vom Regent Beverly Wilshire Hotel war sehr einverstanden mit der Entwicklung der Dinge.

»Wenn du nicht so herumzappelst, siehst du wunderschön aus«, flüsterte Edward. »So geheimnisvoll ...«

Und Vivian bemühte sich, weder zu zappeln noch sonst etwas zu tun, was ihrer geheimnisvollen Schönheit abträglich sein könnte.

Darryl, der Chauffeur, wartete mit der Limousine vor dem Portal und riß die Türen für Vivian und Edward auf. Fast geräuschlos setzte sich der überlange Wagen dann in Bewegung.

Während der Fahrt blickte Vivian aus dem Fenster und versuchte zu erraten, was Edward vorhatte. Aber sie kam nicht darauf, selbst dann noch nicht, als Darryl auf ein Flughafengelände einbog. Er umrundete den Terminal und stoppte endlich auf dem Rollfeld vor einem startbereiten Privatjet. Die Gangway war herausgefahren, die Einstiegstür offen.

Verwirrt betrachtete Vivian das Flugzeug. Ihre Aufregung wuchs, als Edward sie auf die Maschine zuführte. Die Sonne stand schräg und blendete sie ein bißchen, während sie die Gangway hinaufschritten.

Innen war die Maschine sehr luxuriös eingerichtet, mit Vertäfelungen aus Edelholz und breiten, bequemen Sesseln.

Sofort nach ihrem Eintreffen heulten die Düsenmotoren auf, der Jet setzte sich in Bewegung, raste über das Rollfeld und hob ab. Dann flog er der sinkenden Sonne entgegen. »Wir haben auf dem Flug nach San Francisco gutes Wetter, Mister Lewis«, meldete der Pilot über Bordlautsprecher. »Wir landen in fünfzig Minuten.«

Und jetzt endlich rückte Edward mit seiner Überraschung heraus. Er hatte Karten für die Oper in San Francisco. Und er flog mal eben mit seinem Privatjet dorthin, wie andere Leute von Los Angeles mit dem Auto oder Bus ans Meer nach Venice, Malibu oder Marina del Rey fuhren.

Es war dunkel geworden, als sie in San Francisco landeten. Der Anflug war märchenhaft. Vom Fenster aus sah Vivian die Millionen Lichter der Stadt. Die Autoscheinwerfer auf den Freeways und der Golden Gate wirkten wie lange goldene Bänder, und dazwischen leuchteten die weißen, roten, blauen und grünen Neonreklamen.

Die Maschine setzte sacht auf dem Flugfeld auf. Davor wartete wieder ein Wagen und brachte Edward und Vivian zum Opernhaus.

Mit klopfendem Herzen stieg Vivian an Edwards Seite die breite Freitreppe hinauf. Das Foyer, ganz in Marmor, erstrahlte im Glanz riesiger Kristallüster, während livrierte Theaterdiener die Opernbesucher zu ihren Plätzen führten.

Es waren nicht mehr viele, Zuschauerraum und Ränge waren bereits besetzt, und Vivian meinte nervös: »Wir kommen zu spät.«

Edward winkte beruhigend ab. »Mach dir keine Sorgen. Eine Premiere fängt nie pünktlich an.«

Sie stiegen die teppichbelegte Treppe zu den Logen hinauf, und Edward ließ sich von einer Platzanweiserin zwei Programmhefte geben. Dann betraten sie den abgetrennten Teil des Flurs, der zu den Logen führte. Ein Theaterdiener erwartete sie bei einer offenen Tür und ließ sie eintreten.

Der Zuschauerraum war noch hell erleuchtet. Die Musiker im Orchestergraben stimmten ihre Instrumente, und die vielfältigen Töne mischten sich mit dem Stimmengewirr des eleganten Premierenpublikums.

Vivian trat an die Brüstung und blickte mit großen Augen in den Zuschauerraum, während Edward ein älteres Ehepaar in der Nachbarloge begrüßte.

»Doris, wie geht es Ihnen?« fragte er herzlich. »Ich freue mich, Sie zu sehen.«

»Ich auch«, erwiderte die weißhaarige Dame und nickte ihm lächelnd zu. Sie trug ein schwarzes Paillettenkleid und kostbaren Schmuck. Ihr Mann war im Smoking und schüttelte Edward die Hand. »Wie nett, daß Sie auch da sind«, sagte er.

Vivian hatte kaum darauf geachtet. Sie war wie gebannt von dem Anblick des großen, festlich erleuchteten Hauses mit all den eleganten Leuten. Es war das erste Mal in ihrem Leben, daß sie in einer Oper war, und sie fand es wundervoll.

»He, komm her, das mußt du dir ansehen!« rief sie Edward aufgeregt zu. Der Logenschließer stand ein paar Schritte hinter ihr und wartete darauf, ihr den weiß-goldenen, mit rotem Samt bezogenen Stuhl zurechtrücken zu können.

Edward lächelte gequält und blieb im Hintergrund. »Schon gut. Ich hab das alles gesehen.«

»Wieso sitzt du oben, wenn du Höhenangst hast?« fragte sie, und er machte das arroganteste Gesicht, das ihm zur Verfügung stand.

»Weil es die besten Plätze sind.« Dann nahm er in seinem Stuhl Platz.

Der Logenschließer beugte sich zu ihm. »Kann ich noch etwas für Sie tun, Sir?«

»Nein, vielen Dank.«

Der Mann deutete auf eine Ablage der Logenbrüstung. »Die Operngläser sind da vorn.«

Edward griff nach den beiden Gläsern und reichte eines Vivian. »Oh«, sagte sie überrascht. Dann blickte sie ihn stirnrunzelnd an. »Du ... du hast gesagt, sie singen italienisch?«

Er nickte. »Ja.«

»Und woher weiß ich, was sie singen?« Sie nahm ihr Opernglas an dem lorgnonartigen Stiel hoch, aber es hielt nicht, sondern klappte immer wieder nach unten. »Dieses Ding ist kaputt. Mein Glas ist kaputt.«

Edward zeigte ihr, daß sie das Glas zur anderen Seite drehen mußte, damit die Halterung einrastete.

»Oh«, sagte Vivian wieder, als sie hindurchschaute und entdeckte, wie nahe ein paar Leute im Parkett plötzlich herangerückt waren.

Ein Klingelzeichen ertönte, und die Lichter im Zuschauerraum gingen langsam aus.

»Keine Sorge, du wirst alles verstehen. Die Musik ist sehr beeindruckend«, sagte Edward mit gedämpfter Stimme.

Nach und nach verstummten die Gespräche in dem riesigen Theatersaal, und die Zuschauer in den Logen ringsum, die noch plaudernd beisammengestanden hatten, nahmen ihre Plätze ein. Überall wurden die Türen geschlossen.

Vivian spähte durch ihr Glas und deutete nach unten auf den matterleuchteten Orchesterraum. »Da ist ja 'ne Band!« rief sie halblaut, und Edward lachte leise in sich hinein, während der Zuschauerraum ganz dunkel wurde. Nur noch der Bühnenvorhang wurde von der Rampe angestrahlt.

Wenig später erklangen die ersten Takte der Ouvertüre zu ›La Traviata‹.

Vivian hielt noch immer das Glas vor die Augen und blickte wie gebannt hindurch.

Edward beugte sich zu ihr. »Leute, die zum ersten Mal in der Oper sind, reagieren oft sehr ... überraschend. Entweder mögen sie die Oper, oder sie hassen sie.«

Sie nahm das Glas herunter und sah ihn verwundert an, und er fuhr flüsternd fort: »Wenn sie die Oper lieben, dann ist es für immer. Die anderen tun mir leid, denn die Musik wird nie Teil ihrer Seele werden.«

Sie sah ihm an, daß er wünschte, sie möge die Oper lieben lernen. Und deshalb wünschte sie es sich auch.

»Hm ...«, murmelte sie und blickte wieder zur Bühne. Edward beobachtete sie, wie sie angestrengt der Musik lauschte, sich allmählich entspannte und sich dann voller Entzücken vorbeugte, als sich der Vorhang zum ersten Akt hob.

Zunächst achtete Vivian mehr auf die prunkvolle Bühnendekoration und die Kostüme der Darsteller, doch allmählich nahmen sie die Handlung der Oper und die Musik gefangen.

Edward hatte recht gehabt: Man brauchte kein Italienisch zu können, um zu verstehen, was da geschah. Vivian saß wie gebannt in ihrem Stuhl, noch immer nach vorn gebeugt, als könne sie sonst etwas versäumen, und die schönen Stimmen und die Macht der Töne weckten in ihr ein Gefühl, als habe sich ihr soeben eine Welt aufgetan, die ihr bisher verschlossen geblieben und von deren Existenz sie nicht einmal etwas geahnt hatte. Eine wundervolle Welt.

Edward warf ihr ab und zu einen Blick zu. Er sah jede Regung in ihrem Gesicht, das so lebendig war und alle Gedanken und Gefühle verriet, und er verspürte tiefe Zufriedenheit.

Er hatte geahnt, daß Vivian so reagieren würde.

Während des großen Liebesduetts zwischen Violetta und Alfredo am Ende des ersten Aktes war Vivian fasziniert und fast bis zu Tränen gerührt, und als der Vorhang fiel, applaudierte sie begeistert mit den anderen.

Die Liebesgeschichte zwischen Alfredo und Violetta nahm ihren Fortgang. Vivian verfolgte sie mit fast kindlicher Spannung. Als Alfredos Vater erschien und Violetta beschwor, seinen Sohn aufzugeben, um sein und seiner Schwester Glück nicht zu zerstören, war sie tief gerührt. Irgendwie gab es ja eine Parallele zu ihr und Edward, auch wenn er keinen Vater hatte, der ihn von ihr trennen wollte. Dafür standen andere Dinge zwischen ihnen.

Aber es war nicht nur die Handlung, die Vivian

ergriff, mehr noch war es die Musik. Sie war einfach zum Weinen schön, fand sie. Und diese herrlichen Stimmen ...

Als Alfredo im dritten Akt Violetta das im Spiel gewonnene Geld als Bezahlung vor die Füße warf und sie schluchzend zusammenbrach, flossen Vivians Tränen ungehemmt. Edward zog sein Taschentuch aus der Tasche und drückte es ihr in die Hand. Sie lächelte dankbar und putzte sich die Nase.

Und natürlich trat das Taschentuch vor allem im vierten Akt wieder in Aktion, als Alfredo zu seiner todkranken Geliebten zurückkehrte und sie in seinen Armen starb.

Nachdem der Vorhang gefallen war, saß Vivian ein paar Sekunden still und mit tränenüberströmtem Gesicht da, ehe sie in den Applaus des Premierenpublikums einfiel.

Sie klatschte wie verrückt, schrie mit den anderen »Bravo!«, und Edward fand, daß er noch nie eine Opernaufführung so genossen hatte wie diese.

Vivian applaudierte immer noch, als der Zuschauerraum sich allmählich zu leeren begann, und die Dame aus der Nachbarloge wandte sich ihr lächelnd zu: »Na, wie hat Ihnen die Oper gefallen, Schätzchen?«

Vivian drehte sich ihr völlig aufgelöst zu. »Oh, einfach toll. Ich hab mir fast in die Hosen gepinkelt.«

Das Lächeln der Lady erstarrte. »Wie bitte?«

Edward hatte Mühe, ein lautes Auflachen zu unterdrücken. »Sie meint, es hat ihr besser gefallen als ›Die lustigen Weiber von Windsor‹«, sagte er lässig.

Die Weißhaarige dachte offensichtlich scharf nach, ob sie Vivians Worte so falsch verstanden hatte, und schüttelte irritiert den Kopf. Dann kicherte sie unmotiviert, während Edward Vivian den Arm reichte. »Ja«, bekräftigte er und verneigte sich höflich. »Auf Wiedersehen, meine Liebe.«

Die Lady winkte ihnen verabschiedend zu, und sie verließen das Opernhaus.

Auf dem Rückflug nach Los Angeles weihte Edward Vivian in die Geheimnisse des Schachspiels ein. Sie begriff die Grundregeln sehr schnell und war so begeistert von dem Spiel, daß sie es nach der Landung unbedingt im Hotel fortsetzen wollte.

Allerdings spielte sie reichlich unorthodox, und Edward amüsierte sich über ihre Vorliebe für die Dame.

»Faß sie nicht an«, sagte er warnend, als sie wieder einmal einen völlig unüberlegten Zug damit machen wollte. »Faß sie nicht an.«

»Ich mag die Dame, also nehm' ich sie auch«, beharrte Vivian, und er legte seine Finger auf ihre.

»Nein, da kannst du sie nicht hinstellen.«

Sie kicherte und tat es trotzdem.

Edward schüttelte lachend den Kopf. »Hast du das wirklich getan?«

Sie freute sich wie ein Kind und überlegte mit gerunzelter Stirn, wie es nun weitergehen sollte, während er einen Blick auf seine Armbanduhr warf.

»Wollen wir nicht morgen weitermachen? Es ist schon sehr spät, und ich muß noch arbeiten.«

Sie blickte ihn an. Ihre Augen bettelten. »Und wenn du nun morgen nicht arbeiten gehst und dir den Tag einfach freinimmst?«

»Was? Ich soll nicht arbeiten?« Es klang so entsetzt, als hätte sie von ihm verlangt, er solle auf der Brüstung der Dachterrasse balancieren.

»Ja«, sagte sie einfach, und er dachte nach.

»Na ja, immerhin gehört die Firma mir ...«, meinte er schließlich gedehnt und begann zu grinsen wie ein Schuljunge.

11

Am nächsten Morgen hatte Philip Stuckey einen neuen Grund, sich über seinen Chef zu wundern. Seine Assistentin Blair kam mit einigen Unterlagen herein, die Stuckey angefordert hatte, und berichtete, daß Mister Lewis angerufen habe.

»Was hat er gesagt?« fragte Phil und erinnerte sich mit leichtem Unbehagen an ihre gestrige kurze Kontroverse.

»Er hat gesagt, er nimmt sich heute den Tag frei.«

Stuckey starrte Blair konsterniert an. Er kannte Edward seit zehn Jahren, und in all der Zeit war so etwas noch nie vorgekommen. »Er hat gesagt, er nimmt sich den Tag frei?« wiederholte der Anwalt nicht besonders intelligent, und Blair nickte.

»Genau das hat er gesagt.« Sie verließ das Büro, und Stuckey starrte kopfschüttelnd auf das Mini-Billardspiel auf seinem Schreibtisch, mit dem er sich gelegentlich die Zeit vertrieb.

Edward und Vivian waren unterdessen gar nicht so weit von Lewis Enterprises entfernt, sondern ebenfalls in die Downtown von Los Angeles gefahren, allerdings nicht in das Geschäftsviertel mit seinen Hochhäusern, Büros und unzähligen Banken.

Sie hatten sich von Darryl irgendwo zwischen der

Olvera Street mit ihren alten im spanisch-mexikanischen Stil erbauten Häusern und der City Hall absetzen lassen und schlenderten wie zwei ganz gewöhnliche Touristen durch die Straßen.

Das einzige, was nicht dazu paßte, war Edwards Aktenkoffer, von dem er sich auch an diesem Vormittag nicht getrennt hatte.

Irgendwann landeten er und Vivian auf einem weitläufigen Platz mit einem großen Springbrunnen. Vivian lief darauf zu und balancierte auf der steinernen Einfassung.

»Ich hab Hunger. Drüben ist ein Snap-Dog-Stand. Hast du Geld dabei?«

»Ich habe Geld«, erwiderte Edward. »Aber ich weiß nicht, was ein Snap Dog ist.«

Sie sprang auf die Straße und hakte sich bei ihm ein. »Macht nichts. Laß dich überraschen. Ich besorg' uns was zu essen, und wir hauen uns unter einen Baum in den Schatten.«

»Was machen wir?« fragte er verblüfft, und sie wiederholte:

»Wir hauen uns unter einen Baum.«

»Ja«, sagte er lächelnd und zog seine Geldbörse aus der Tasche.

An diesem Tag tat Edward Lewis lauter für ihn völlig ungewohnte Dinge.

Die Snap Dogs entpuppten sich als normale Hot Dogs, die er allerdings zum letzten Mal als Junge gegessen hatte – und auch da nur höchst selten. Aber sie schmeckten ihm.

Und es gefiel ihm auch, dabei mit Vivian in einem Park im Gras zu sitzen. Allerdings hatte er noch nie in einer solchen Umgebung ein geschäftliches Telefonat geführt, während Vivian neben ihm kniete und ihm Schuhe und Strümpfe auszog.

Sie warf einen mißbilligenden Blick auf das unvermeidliche drahtlose Telefon, das Edward mitgeschleppt hatte. Er sprach, wie könnte es anders sein, mit Philip Stuckey, diesmal über die vorzubereitenden Vertragsentwürfe mit Morse Industries, und verlangte: »Lies mir die ersten zwei Seiten vor.«

Eine Weile hörte er zu und warf hin und wieder ein »Hm« oder »Okay« ein.

Vivian wurde die Sache schließlich zu dumm. Sie legte Edwards Schuhe und Strümpfe ins Gras und nahm ihm das Telefon weg. Dann drückte sie auf einen Knopf, um das Gespräch zu unterbrechen.

»Das war ein wichtiges Telefonat«, sagte er, aber er sah keineswegs ärgerlich aus, und Vivian küßte ihn rasch auf die Wange.

Sie verbrachten den ganzen Nachmittag in dem Park, lagen im Gras, blinzelten in die Sonne, die durch das Blätterdach der Bäume fiel, sahen den Spaziergängern, Müttern mit ihren Babys und den herumtollenden Kindern zu, redeten miteinander oder schwiegen, und Edward fand, daß es ein herrlicher Tag war.

Irgendwann holte er ein Buch aus seinem Aktenkoffer. Es hatte den Titel ›Shakespeare-Zitate‹, und er las Vivian halblaut daraus vor, während sie an ihn geschmiegt neben ihm lag und ab und zu zärtlich durch seine festen kurzgeschnittenen Haare fuhr, in denen es schon so viele graue gab.

Später am Abend, als es dunkel wurde, schlenderten sie wieder durch die Straßen und landeten schließlich in einem einfachen, billigen Restaurant namens ›Barb's Quickie Grill‹, an dessen Schaufensterscheibe große rote Buchstaben ›Gutes Essen‹ versprachen.

Darryl holte sie von dort in der hoteleigenen Luxuskarosse wieder ab. Während der Rückfahrt zum Regent Beverly Wilshire sprachen sie wenig. Sie saßen im Fond, und Vivian hatte den Kopf an Edwards Schulter gelegt.

Im Hotel ging sie rasch unter die Dusche, während Edward sich müde auf dem breiten Bett ausstreckte. Vivian schlüpfte in eins ihrer neuen Satinnachthemden, bürstete ihr Haar und tupfte sich ein paar Tropfen Parfüm hinter die Ohren, ebenfalls eine Errungenschaft ihres Großeinkaufs vor vier Tagen auf dem Rodeo Drive. Dann ging sie ins Schlafzimmer hinüber.

Edward saß halb aufgerichtet im Bett, die Füße auf der Decke, Kopf und Schultern gegen ein Kissen am Kopfteil gelehnt. Er hatte die Augen geschlossen und atmete tief und gleichmäßig. Er rührte sich auch nicht, als Vivian am Fußende stehenblieb.

»Er schläft und träumt«, sagte sie halblaut und betrachtete ihn zärtlich.

Auf Zehenspitzen kam sie näher und setzte sich auf die Bettkante. Nach einer Weile hob sie die Hand und küßte die Spitze ihres Zeigefingers, ehe sie sie Edward auf die Lippen legte.

Er erwachte immer noch nicht. Das Zimmer lag im Halbdunkel einer kleinen Nachttischlampe. Vivian blickte auf Edwards Lippen und zog ihren Finger zurück. Dann beugte sie sich vor und küßte ihn sanft auf die Wange.

Ein, zwei Sekunden zögerte sie, doch dann wanderten ihre Lippen weiter und berührten seinen Mund.

Edward schlug die Augen auf. Der Atem stockte ihm, als er begriff, was Vivian da tat. Sie küßte ihn auf den Mund.

Er verstand, was das für sie bedeutete und daß es mehr war als alles, was sie ihm bisher gegeben hatte. Wortlos starrte er sie an.

Vivian lächelte ihm zu, und ihr ganzes Herz lag in diesem Moment in ihrem Augenausdruck. Dann beugte sie sich wieder zu ihm, und er spürte ihre Lippen fest und warm auf seinen. Ihr Mund öffnete sich ein wenig, während sie seine Lippen liebkoste und mit den ihren sacht darüber rieb.

Edward richtete sich auf. Er empfand Staunen und Rührung und dann eine tiefe, mit nichts zu vergleichende Freude, während er die Arme um Vivian legte und ihren Kuß erwiderte.

Ihre Augen waren groß und ernst, als sie sich für kurze Zeit voneinander lösten, um sich anzusehen.

Dann glitten Vivians Hände um sein Gesicht, und er küßte sie erneut, immer noch zärtlich und behutsam, als habe er Furcht, den Augenblick zu zerstören.

Vivian atmete schneller, und Edward fühlte, daß sie mehr wollte, daß sie bereit war, sich hinzugeben und aufzugeben in diesem Kuß. Da zwang er mit einem Aufstöhnen ihre Lippen auseinander und ließ seine Zunge eindringen.

Halb spielerisch zunächst, doch allmählich mit wachsendem Verlangen strich Edwards Zunge über Vivians Zähne, wanderte über die Mundwinkel und die weiche Innenseite ihrer Lippen, bevor sie ihren Mund erfüllte.

Und es war so, wie Vivian es ersehnt und gewollt hatte. Sie schmolz in diesem Kuß, verging darin, klammerte sich an Edward fest, kam ihm entgegen und konnte nicht genug von ihm bekommen.

Sie liebte den Geschmack seines Mundes, spürte seinen Atem und seine Hände, die über ihren Körper strichen, und drängte sich enger in seine Umarmung. Sie sah das Verlangen in seinen Augen, das sie geweckt hatte, und fühlte sich plötzlich irrsinnig glücklich, daß sie diese Macht über ihn besaß. In diesem Augenblick gehörte er ihr, er war ihr Mann, und sie war seine Frau, und alles andere zählte nicht mehr.

Irgendwann streifte Vivian ihr Nachthemd ab, und Edward nahm sie mit fast schmerzender Heftigkeit, aber der Schmerz wurde Lust, und Vivian gab sich ganz auf und empfing wieder, was sie schenkte, nahm sich, was Edward ihr gab, und ließ sich mit ihm und von ihm über den Gipfel tragen.

Und auch dann ließ er sie noch nicht los, sondern hielt sie fest und streichelte sie, bis ihr Atem sich beruhigte und eine sanfte, wohlige Ruhe über sie kam.

Mit geschlossenen Augen lag Edward da, während er Vivian in den Armen hielt, aber sie blickte ihn an, als müßte sie sich jede Linie seines Gesichts für immer einprägen.

Irgendwann ließ sie den Kopf zurückfallen, schmiegte ihn in Edwards Armbeuge und sagte leise: »Ich liebe dich.«

Er schlug die Augen auf und erwiderte nichts.

Aber Vivian hatte auch keine Antwort erwartet. Sie blieb liegen und fühlte sich völlig zufrieden, daß sie es wenigstens einmal ausgesprochen hatte und er es nun wußte.

Am nächsten Morgen war es wie an allen anderen Tagen zuvor in dieser Woche. Edward frühstückte hastig und studierte dabei die neue Ausgabe des Wall Street Journals.

Vivian stand beim Tisch und blickte auf seinen gesenkten Kopf hinunter. Er hatte für sie eine Ausgabe der Los Angeles Times heraufbringen lassen, aber sie verspürte wenig Lust, einen Blick hineinzuwerfen.

»Ich möchte wissen, woran du jetzt denkst«, sagte sie, als sie merkte, daß Edward gar nicht mehr las. Sie trug einen seidenen grauen Morgenmantel mit schwarzem Blumenmuster und schwarzen Aufschlägen an Kragen und Ärmeln und hatte die Haare im Nacken zusammengebunden.

»Das will ich dir sagen. Wir haben nur noch eine Nacht zusammen. Dann bist du mich endlich los.«

Sie ging um den Tisch herum zu ihrem Platz. »Was willst du jetzt eigentlich von mir hören?« fragte sie mit einem verrutschten Lächeln, während sie sich setzte und nun doch ihre Zeitung aufschlug.

»Meine Arbeit hier ist fast vollendet«, sagte Edward. »Ich muß wieder zurück nach New York.«

Sie blickte in den Sportteil, ohne etwas zu lesen, und versuchte, ihre aufkommende Traurigkeit zu verbergen. Edward wußte trotzdem, wie ihr zumute war, und warf ihr einen liebevollen Blick zu.

»Ich würde dich gern wiedersehen.«

Mit einem erleichterten Lächeln sah Vivian auf. »Wirklich?«

»Ja«, bestätigte er. »Ja, das will ich. Ich hab auch schon ein Apartment für dich. Und ein Auto. Und eins garantiere ich dir: Es gibt viele Geschäfte, die sich um dich reißen, wenn du einkaufen gehst. Ich hab alles arrangiert.«

Vivian hatte, während er sprach, den Kopf in die Hand gestützt. Ihr Lächeln hatte einem Ausdruck von Bestürzung Platz gemacht. »Was sonst noch?« fragte sie ruhig. »Und wenn du bei mir warst, dann legst du mir hinterher Geld unters Kissen?«

Edward seufzte. »So wird es zwischen uns nicht sein.«

»Wie wird es dann sein?« Diesmal war die Bitterkeit in ihrer Stimme unüberhörbar.

Er blickte sie kopfschüttelnd an. »Du mußt nicht mehr auf die Straße. Das ist doch ein Vorteil.«

»Aber sonst ändert sich nichts für mich.« Abrupt stand sie auf und ging auf die Terrasse hinaus. Edward sah, wie sie an der Brüstung stehenblieb. Wieder seufzte er und kam ihr an die Tür nach.

»Vivian, was willst du eigentlich? Wie soll es zwischen uns gehen?«

Sie blickte ein paar Tauben nach, die gurrend in einiger Entfernung auf das Dach flatterten. »Ich hab keine Ahnung«, sagte sie bedrückt.

Von unten drang Verkehrslärm herauf. Die Sonne schien, und es war ein schöner klarer Tag. Ein paar weiße Wolken zogen über den Himmel.

»Meine Mutter hat mich als Kind immer auf dem Dachboden eingeschlossen, wenn ich frech war, und das kam ziemlich oft vor«, sagte Vivian, ohne sich umzuwenden. »Und wenn ich ... Da oben hab ich gedacht, daß ich eine Prinzessin bin, die von einer bösen Königin im Turm gefangengehalten wird.«

Sie lachte ein bißchen, aber es klang unfroh.

»Und plötzlich kommt ein Ritter angaloppiert. Auf einem weißen Pferd mit wehenden Fahnen. Er reitet auf den Turm zu und ... und zieht dann sein Schwert.

Ich winke ihm zu, er springt vom Pferd. Mein Ritter klettert den Turm herauf und rettet mich.«

Vivian schwieg und wandte sich zu Edward um. »Ja, genauso hab ich es oft geträumt. Und ich kann mich nicht erinnern, daß der Ritter gesagt hat: Hör mal, Baby, ich hab 'ne schicke Wohnung und ein Auto für dich.«

Jetzt verstand Edward sie, und er fühlte sich ziemlich hilflos, etwas, das selten bei ihm vorkam. Er wußte nicht, was er ihr antworten sollte.

In diesem Augenblick klingelte das Telefon. Beinahe erleichtert wandte er sich in den Livingroom und nahm den Hörer ab. »Ja?«

Phil war am anderen Ende. »Ich hab 'ne wichtige Nachricht. Ich hab gerade mit Jim Morse gesprochen. Hör zu: Er will sich noch heute mit dir treffen.«

»Worum geht's?« fragte Edward knapp.

»Das hat er nicht gesagt.« Phil lachte triumphierend. »Edward, endlich ist es soweit. Wir haben ihn festgenagelt. Endlich haben wir ihn. Paß auf: Wenn er tatsächlich aufgibt, soll er uns seine Aktien noch heute nachmittag überschreiben.«

Vivian war in der Terrassentür aufgetaucht. Edward blickte sie an, während er telefonierte. Heute nachmittag mußte er mit Vivian sprechen, sie zu überzeugen versuchen ...

»Das ist ungünstig«, sagte er ins Telefon. »Wenn er wirklich umkippt, kann ich nicht so lange warten. Sag ihm, ich möchte mich sofort mit ihm treffen. Bis dann.«

Er warf den Hörer auf die Gabel und schlüpfte eilig in sein Jackett. Dann wandte er sich an Vivian. Ein paar Sekunden blickten sie einander schweigend an, ehe

Edward sagte: »Ich muß gehen. Aber eins will ich dir noch sagen: Ich kann dich verstehen. Aber zu mehr ... habe ich einfach nicht den Mut. Das wäre ein zu großer Schritt für mich.«

Sie rückte seine Krawatte zurecht und strich sie glatt, bemüht, nicht zu weinen. Sie verstand ihn ja auch. Er konnte nicht aus seiner Haut. Das dumme war nur, daß sie es ebenfalls nicht konnte.

»Ja, ich weiß«, erwiderte sie, und ihre Stimme klang dünn. »Für jemanden wie mich war das schon ein tolles Angebot.«

An seiner Wange zuckte ein kleiner Muskel. »Ich habe dich nie wie eine Prostituierte behandelt.«

Vivian schwieg und senkte den Kopf. Sie blickte ihm nach, wie er hinausging. »Gerade hast du's getan«, sagte sie. Aber das hörte Edward schon nicht mehr.

Eine Stunde später klingelte wieder das Telefon. Vivian nahm ab und hörte eine Männerstimme.

»Hier spricht Barnard Thompson, Miss Vivian. Können Sie bitte sofort zur Rezeption kommen. Hier ist jemand für Sie. Sie hat gesagt, ihr Name ist Miss de Luca.« Der Manager des Regent Beverly Wilshire klang ziemlich reserviert.

Im Hintergrund hörte Vivian Kit sprechen: »Ich will mit ihr reden.« Vivian konnte sich vorstellen, wie widerstrebend ihr der gute Thompson den Hörer aushändigte und sich dabei nervös umsah, ob Kit nicht unliebsames Aufsehen bei den Gästen erregte.

Im nächsten Augenblick war Kit am Apparat: »Hallo, Babylein, bitte, komm schnell runter. Diese Schweinebacken lassen mich einfach nicht nach oben.«

Vivian beeilte sich, sosehr sie konnte, um Mr. Thompson keinen Ärger zu machen. Denn das war bei Kits Art absolut möglich.

Trotzdem schaffte sie es nicht rasch genug.

Kit hatte den Hörer aufgelegt und sich triumphierend zu dem Manager umgewandt. Sie war hergerichtet und angezogen wie für den Abend, wenn sie auf dem Hollywood Boulevard anschaffen ging, mit nabelfreiem Bustier im Leoparden-Look, schwarzem Mini und Nietenjacke.

»Ist schon unterwegs, die Kleine.«

»Ausgezeichnet«, murmelte der Hotelmanager und beschloß, Kit so lange nicht aus den Augen zu lassen. Doch dies wurde durch einen Hotelpagen vereitelt, der ihn ansprach und meldete, daß die Fensterwaschanlage beschädigt sei.

»Und das am Samstag ...«, seufzte Barnard Thompson. Er sah ein, daß er sich selbst um die Sache kümmern mußte.

»Warten Sie hier bitte«, forderte er Kit streng auf und wandte sich an Miss Wilson hinter der Rezeption. »Passen Sie auf«, bat er halblaut mit einem Blick auf Kit. Dann ging er eilig davon.

Kit rümpfte die Nase und lümmelte sich mit beiden Ellbogen auf die Rezeptionstheke. Sie musterte die spiegelnde Mahagonifläche und pustete darauf. Grinsend registrierte sie, wie Marjorie Wilson sie mit offensichtlicher Empörung beobachtete.

Kit richtete sich wieder auf, und ihr Lächeln wurde noch eine Spur perfider, als sie das ältere Ehepaar gewahrte, das die Lobby betreten hatte und sie geschockt anstarrte. Die beiden waren in einiger Entfernung stehengeblieben, wohl, um Kit nicht zu nahe zu kommen.

Kit schlenderte mit wiegenden Hüften auf sie zu. »Fünfzig Mäuse, Opa. Für fünfundsiebzig darf deine

Alte uns dabei zusehen!« erklärte sie so laut, daß es durch die ganze Lobby schallte.

Die Gäste fuhren entsetzt zurück und gingen dann wortlos in aller Eile hinaus.

Kit lachte und lehnte sich wieder an die Rezeption. Sie war sehr zufrieden mit ihrer Aktion, nachdem man sie hier so hochnäsig behandelt hatte, und kaute schmatzend auf ihrem Kaugummi herum.

Endlich kam Vivian und nahm Kit zu Miss Wilsons Erleichterung nach draußen in den Hotelgarten mit, wo sich auch der Swimmingpool befand.

Hier war es ziemlich leer; nur wenige Gäste lagen auf den bunten Sonnenstühlen um das Schwimmbekken und beachteten die beiden Mädchen kaum, die die Stufen zum Garten herunterkamen.

»Ich hab versucht, dich zu erreichen«, sagte Vivian, die die Freundin untergehakt hatte. Und wirklich hatte sie mehrere Male angerufen, nachdem Kit das Geld an der Hotelrezeption noch nicht abgeholt hatte, aber sie war nie zu Hause gewesen. Sogar im ›Blue Banana‹ hatte Vivian es versucht.

Kit nickte. »Ich weiß, die Leute im ›Banana‹ haben getönt, du suchst mich.« Sie nuschelte, weil sie immer noch auf ihrem Kaugummi herumkaute.

»Wieso hast du am Dienstag das Geld nicht abgeholt?« wollte Vivian wissen.

»Ich mußte mich vor Carlos verstecken.«

»Mit dem Geld von mir wär alles klar gewesen«, widersprach Vivian, die sich Sorgen um die Freundin gemacht hatte.

Kit blieb stehen. »Sekunde, bei mir war auch einiges los. Nino ist vor ein paar Tagen zusammengeschlagen worden. Und Rachel wurde von den blöden

Bullen geschnappt.« Sie zog ein Kuvert aus ihrer Tasche. »Jedenfalls hab ich jetzt die Kohle. Danke, daß du mich da rausgeholt hast. Carlos kann mich mal kreuzweise.«

Während ihrer Unterhaltung hatten sie den Pool hinter sich gelassen, und Vivian steuerte eine Terrasse an, auf der einige Tische und Stühle standen.

»Er hat in letzter Zeit dauernd von dir gesprochen«, fuhr Kit fort. »Der bricht zusammen, wenn er dich in diesen feinen Lumpen sieht. Ich trau' mich ja gar nicht, dich zu umarmen, weil ich nichts zerknittern will.«

Vivian lachte, und Kit musterte sie anerkennend durch ihre Sonnenbrille. »Baby, du siehst stark aus.«

Vivian deutete auf einen Tisch in der Sonne. »Wollen wir uns hierher setzen?«

»Nein, lieber in den Schatten«, wehrte Kit ab, und Vivian ging mit ihr zu einem der Plätze unter einem Sonnenschirm.

»Bist groß rausgekommen, was?« meinte Kit, während sie sich setzten. »So, wie du aussiehst, kannst du bei uns nicht mehr arbeiten. Hast sowieso nie dahin gepaßt.«

»Oh, danke«, sagte Vivian und blickte an ihrem rostroten Hosenrock mit dazu passender Jacke hinunter. »Mit genügend Geld ist alles leicht.« Es klang ein bißchen bitter.

»Ja«, erwiderte Kit neidvoll. Sie steckte ihr Kuvert in ihren breiten Gürtel und nahm die Sonnenbrille ab. »Und?« erkundigte sie sich. »Wann zieht er wieder ab?«

»Morgen«, antwortete Vivian bedrückt.

»Kannst du die Sachen behalten?«

Sie nickte. »Er hat mich gefragt, ob ich ihn wiedersehen will. Aber ich halte das für Blödsinn. Ich will nicht mehr. Es soll eine Woche wie jede andere sein.«

Kit hatte sie aufmerksam beobachtet. »Das nehme ich dir nicht ab.«

Vivian versuchte ein Lächeln, aber es fiel traurig aus. »Doch, so ist es.«

»Ach, du meine Güte«, murmelte Kit betroffen. Ihre flüchtige Neidanwandlung war verflogen.

»Was ist denn?«

»Ich kenn' diesen sehnsüchtigen Gesichtsausdruck.«

Vivian winkte unwillig ab. »Ach, komm, red dir nichts ein.«

»Du hast dich in ihn verliebt«, sagte Kit ihr auf den Kopf zu.

»O nein, Kit!« widersprach Vivian ungehalten, doch die Freundin wiederholte unbeeindruckt:

»Du bist verliebt.« Sie beugte sich nach vorn. »Hast du ihn etwa auf den Mund geküßt?«

Erst wollte Vivian es abstreiten, doch dann nickte sie. »Ja, ja, hab ich getan.«

Kits Blick wurde geradezu entsetzt. »Du hast ihn echt auf den Mund geküßt?«

»Ja, stimmt, und es war sehr schön«, erklärte Vivian träumerisch.

»Du verliebst dich und küßt den Typen auf den Mund? Ja, hast du denn gar nichts gelernt?«

»Ich bin nicht so blöd, wie du denkst«, schwindelte Vivian tapfer. »Ich hab ... ich bin nicht in ihn verliebt. Ich ... ich mag ihn.«

»Du magst ihn«, stellte Kit fest, als wäre das eine Umweltkatastrophe. Und auf Vivians leises »Ja« setzte sie nun beinahe mitleidig hinzu: »Du magst ihn sehr.«

Doch dann grinste sie plötzlich. »Und obendrein ist er kein armer Schlucker, sondern stinkend reich.«

»Und mir wird er das Herz brechen«, ergänzte Vivian.

Kit wiegte den Kopf hin und her. »Ach komm, übertreib nicht. Er hat dich doch gefragt, ob du ihn wiedersehen willst. Vielleicht kauft ihr euch zusammen ... 'n Haus, und dann schenkt er dir Diamanten und danach 'n Pferd und ... So kann's laufen. So was passiert.«

Vivian lachte, doch im nächsten Moment wurde sie wieder ernst. Sie dachte an die Mädchen vom Hollywood Boulevard. »Wann passiert so was? So was passiert doch nur in Märchen. Wer hat denn so viel Glück? Zum Beispiel Skinny Marie oder Rachel ...«

Kit rümpfte verächtlich die Nase. »Das sind zwei ganz besondere Pferde. Die waren doch nur auf Crack aus.«

»Ich will wissen, wann so was wirklich passiert«, beharrte Vivian. »Nenn mir nur ein einziges Beispiel von jemandem, den wir kennen.«

»Irgendeinen Namen?« fragte Kit und dachte angestrengt nach.

»Ja, irgendeine Person, wo das so gelaufen ist«, drängte Vivian.

Kit preßte die Hände gegen die Schläfen und kniff die Augen zusammen, so scharf überlegte sie. »Ich soll dir einen Namen nennen? Du erwartest wirklich, daß mir da auf Anhieb jemand einfällt? O Gott, wo soll ich jetzt 'n Namen herzaubern?«

Dann erhellte sich ihre Miene. Sie stieß die Luft aus, ließ die Hände sinken und grinste. »Da fällt mir nur Schneewittchen ein.«

Vivian starrte sie einen Moment perplex an. Dann fing sie an zu lachen, und Kit lachte schallend mit.

12

Inzwischen war Edward bei Lewis Enterprises mit Jim Morse zusammengetroffen. Wieder hatte er seinen Enkelsohn mitgebracht. Edward hatte die beiden mit Philip und den Herren seines Managements im Konferenzraum begrüßt.

Auf jedem Platz lag eine Ausfertigung des von Philip abgefaßten Vertrages, den Edward mit Morse Industries heute schließen wollte.

Er selbst saß an der Stirnseite des Tisches, doch plötzlich stand er unvermittelt auf und trat an das große bis zum Boden reichende Fenster hinter seinem Platz.

Phil blickte ihm eine Sekunde irritiert nach, dann wandte er sich an Jim Morse: »Mister Morse«, begann er ein wenig gespreizt. »Sie haben um ein Gespräch mit Mister Lewis gebeten. Mister Lewis hört Ihnen nun gern zu.«

Der alte Herr räusperte sich. Er sah abwartend in Edwards Richtung, doch der rührte sich nicht, sondern kehrte ihm weiterhin den Rücken zu.

»Ich habe nach reiflicher Überlegung meine Einstellung zu Ihrem Angebot geändert«, begann Jim Morse zögernd. Man merkte ihm an, wie schwer ihm seine Worte fielen. »Unter einer Bedingung.«

Noch immer wandte er sich nicht an Stuckey, sondern sprach weiterhin in Edwards Rücken. »Ich bin nicht so sehr in Sorge um mich, vielmehr geht es mir um die Leute, die für mich arbeiten.«

»Das ist kein Problem«, warf Stuckey mit glatter Freundlichkeit ein, als Edward wieder kein Wort sagte. »Für die wird gesorgt.«

In diesem Moment drehte Edward sich um und blickte in die Runde. Philip bemerkte es nicht, sondern redete weiter: »Gentlemen, wenden wir uns nun den Verträgen zu. Gehen wir noch mal die einzelnen Punkte durch. Punkt eins ...«

»Einen Augenblick, Phil.« Edward kam an den Tisch zurück. »Gentlemen, ich möchte mich mit Mister Morse allein unterhalten.«

Jim Morse machte ein überraschtes Gesicht, nickte aber, während Stuckey mit Nervosität reagierte. Was, zum Teufel, hatte Edward denn jetzt vor? Es war doch alles klar. Sie hatten auf der ganzen Linie gesiegt. Wieso zögerte er den endgültigen Vertragsabschluß durch ein unsinniges Gespräch hinaus?

»Bitte«, sagte Edward knapp.

Stuckey stieß den angehaltenen Atem aus. Er versuchte, seine Unruhe zu verbergen. »Gentlemen, Sie haben es gehört. Bitte, warten Sie draußen.« Er blieb sitzen, während Jake, Vance und Mark aufstanden.

»Das gilt auch für dich, Phil«, sagte Edward ruhig.

»Was?« fragte Stuckey entgeistert. »Was ... was soll denn das?«

»Ich hab doch gesagt, ich möchte mit Mister Morse allein sprechen«, wiederholte Edward eine Spur ungeduldiger.

Es dauerte ein paar Sekunden, bis Philip sich widerwillig erhob. Dann deutete er ärgerlich auf David Morse, der gleichfalls sitzen geblieben war. »Und wieso darf er dann bleiben?«

Edward ging auf Stuckey zu. »Bitte«, sagte er, ohne auf den Einwand einzugehen. Diesmal klang es befehlend.

Sie sahen einander an, dann kniff Philip die Lippen zusammen und wandte sich zur Tür. »Ich bleib' in Reichweite«, murmelte er mit kaum verhohlener Wut, während er hinausging.

Jim und David hatten einen raschen Blick gewechselt. Der alte Mann nickte unmerklich, und David erhob sich und verließ nun gleichfalls den Raum.

Edward ging wieder zum Fenster und ließ die Jalousie herunter. »Ist es so besser?« fragte er, denn er hatte bemerkt, daß das einfallende Sonnenlicht Jim Morse geblendet hatte.

»Ja, danke.« Morses Stimme klang unsicher. Auch er fragte sich: Was hat Lewis vor? Er erwartete nichts Gutes von ihm.

»Möchten Sie einen Kaffee trinken?«

Wieder nickte Jim Morse. »Schwarz, bitte.«

Edward ging zu dem kleinen Beistelltisch, auf dem Thermoskannen und Kaffeegeschirr plaziert waren. Er füllte eine Tasse.

»Mister Morse, meine Interessen an Ihrer Firma haben sich geändert«, begann er. Er sprach nun flüssig, ohne das geringste Zögern. In den letzten Tagen hatte er immer wieder darüber nachgedacht und den endgültigen Entschluß jedesmal vor sich hergeschoben. Jetzt ging das nicht mehr. Die Verträge waren aufgesetzt und unterschriftsbereit. Und Jim Morse sah offenbar keinen anderen Ausweg mehr, als sie zu akzeptieren.

Aber es gab einen. Und eben jetzt, in letzter Minute, hatte Edward sich dazu durchgerungen.

»Unsere Firma baut nichts. Wir produzieren nichts«, hatte er zu Stuckey gesagt. Aber der hatte ihn nicht begriffen. Er hatte ja immer nur Monopoly gespielt, auch heute noch. Nur daß es inzwischen nicht um ein Spiel ging, sondern um Menschen und ihre Schicksale.

Jim Morse blickte auf. Er hatte so lange um sein Lebenswerk gekämpft, wie er konnte. Jetzt war er müde und hatte Angst. Es ging ihm nicht um seine Person, aber er fürchtete um seine Leute. Er kannte Edward Lewis' Ruf. Eiskalt war er, und Rücksicht war ein Fremdwort für ihn, wenn es um geschäftliche Vorteile ging. Was hatte er sich jetzt noch ausgedacht?

»Welches Ziel verfolgen Sie denn nun, Mister Lewis?« fragte der alte Mann, während Edward den Kaffee vor ihn hinstellte.

»Ich habe den Entschluß gefaßt, Ihre Firma nicht zu kaufen und sie dann zu zerstückeln. Ich möchte auch vermeiden, daß es jemand anders tut.« Seine Stimme klang kühl und geschäftsmäßig. »Zur Zeit steht Ihre Companie kurz vor der Pleite, und ich ...« Edward stockte und atmete tief durch. »Ich bewege mich nun auf ungewohntem Terrain. Ich will Ihnen helfen.«

Jim Morse hatte seinen Kaffee nicht angerührt. Er konnte nicht glauben, was er da hörte. »Wieso?« fragte er. Er hatte bisher sehr viel Haltung gezeigt, doch jetzt zitterte seine Stimme, und Edward lächelte ihm zu, während er sich auf seinen Platz am Tisch setzte.

»Ich glaube, wir können aus Ihrer Firma etwas ganz Besonderes machen.«

Morse runzelte die dichten weißen Brauen. »Was ist mit den Navy-Verträgen geschehen?«

»Sie haben volle Gültigkeit. Sie liegen nur auf Eis.« Edward sah, wie Morse überrascht zu lächeln anfing, und gab zu: »Ich habe geblufft.«

Jim Morses Lächeln wurde breiter. »Sie haben Talent dazu.«

»Vielen Dank. Das ist mein Job.« Edward stand wieder auf und begann, in dem großen Raum auf und ab zu gehen, während er Jim Morse in groben Zügen erläuterte, wie er sich ihre künftige Zusammenarbeit vorstellte. Der alte Mann nickte ein paarmal, während sich sein Gesicht mehr und mehr entspannte.

Schließlich blieb Edward neben seinem Stuhl stehen, sehr erleichtert, daß nun das Wesentliche gesagt worden war. »Ich glaube, die Details überlassen wir unseren Angestellten.«

Jim Morse erhob sich. »Mister Lewis, ich möchte Ihnen etwas sagen, ohne daß es herablassend wirkt. Ich bin sehr stolz auf Sie.«

Für eine Sekunde wirkte Edward verlegen. Dann ergriff er die Hand, die der alte Mann ihm hinstreckte, und drückte sie fest.

»Danke«, sagte er leise. »Tja ... ich glaube, wir bitten die anderen wieder herein.«

Philip Stuckey hatte eine sehr unangenehme Viertelstunde hinter sich. Der kleine Triumph, daß David Morse ebenfalls den Raum hatte verlassen müssen, hielt nicht vor. Die beiden Männer redeten nicht miteinander. Während David scheinbar ruhig an der Wand lehnte, tigerte Philip nervös auf und ab und zermarterte sich den Kopf, was da drinnen im Konferenzraum jetzt wohl vor sich gehen mochte. Philip roch den Ärger geradezu, der da auf ihn zukam.

Ein paarmal war er vor der geschlossenen Tür des

Konferenzraumes stehengeblieben, in der Hoffnung, etwas von dem Gespräch drinnen aufzuschnappen, und nur Davids Gegenwart hatte ihn abgehalten, das Ohr ans Schlüsselloch zu legen und zu lauschen.

Vance, Mark und Jake warteten ebenfalls im Vorraum und standen auf, als Edward in der Tür erschien.

»Die Konferenz geht weiter, Gentlemen«, sagte er, und Philip stieß hörbar den Atem aus. Er war der erste, der eintrat, dicht gefolgt von David, der seinem Großvater einen besorgten Blick zuwarf. Jim Morse nickte ihm beruhigend zu.

»Kommen Sie herein, Gentlemen, setzen Sie sich«, bat er aufgeräumt. Es wirkte, als würde er die Konferenz leiten.

Philip schoß auf Edward zu. »Edward, bitte, erklär mir, was hier vorgeht«, verlangte er gereizt.

Der schlug ihm leicht auf die Schulter. »Jetzt bist du an der Reihe, Phil. Ich wünsch' dir viel Spaß«, antwortete er mit einem Lächeln, das Stuckey ausgesprochen schadenfroh erschien.

»Warte doch mal!« rief er, als Edward den Raum verlassen wollte. Der Anwalt rannte zum Tisch und blickte auf das Vertragsexemplar auf Edwards Platz. »Moment, die Verträge sind ja gar nicht unterschrieben. Kann mir endlich mal jemand sagen, was hier gespielt wird?«

Edward warf nur einen fröhlich-verschmitzten Blick in die Runde und schloß die Tür von draußen hinter sich.

Jim Morse richtete sich zu seiner ganzen imposanten Größe auf. »Mister Lewis und ich haben beschlossen, Schiffe zu bauen.« Er blickte in die sprachlosen Gesichter der Manager von Lewis Enterprises und das wutverzerrte von Stuckey und fügte betont hinzu, um klarzumachen, daß der Navy-Auftrag wieder Gültigkeit hatte und daß dies nur der Anfang war: »Große, mächtige Schiffe!«

Darryl hatte vor dem Hochhaus von Lewis Enterprises mit dem Wagen gewartet. Als er Edward durch das Portal kommen sah, stieg er aus und öffnete die Fondtür. Aber Edward drückte seinem Fahrer nur seinen Aktenkoffer in die Hand. »Darryl, ich möchte ein bißchen spazierengehen. Warten Sie hier auf mich.«

»Natürlich, Mister Lewis.«

»Danke« sagte Edward und ging davon, während der Schwarze den Aktenkoffer verstaute und dann wieder hinter dem Steuer Platz nahm.

Edwards Ziel war ein nahegelegener Park. Er ging dort eine Weile auf den gepflegten, kiesbestreuten Wegen auf und ab, dann zog er plötzlich kurzentschlossen Schuhe und Strümpfe aus und betrat den dichten grünen Rasen.

Er war davon überzeugt, absolut lächerlich auszusehen – ein Mann in einem korrekten grauen Anzug mit aufgekrempelten Hosenbeinen, der barfuß über eine Wiese lief. Aber das störte ihn nicht besonders.

Er blickte auf die Türme des Hochhauses, in dem sich seine Büros befanden, und lachte in sich hinein.

Er war es nicht gewöhnt, barfuß zu laufen. Manchmal tat es weh, und das Gras kitzelte seine Fußsohlen. Außerdem würde er schmutzige Füße bekommen. Doch das war ihm ebenfalls egal.

Edward Lewis wollte auf seine berühmte, gründliche Art herausfinden, wie es war, wenn man ein ganz neues Lebensgefühl entwickelte.

Vivian hatte im Penthouse des Regent Beverly Wilshire ihre Sachen gepackt. Sie trug noch ihren Hosenrock mit weißem Shirt und der lose fallenden Jacke darüber, hatte aber keine Schuhe an, während sie ihre Kleidersäcke in die Diele brachte.

Sie wollte heute schon gehen, und sie war sicher, daß Edward sie verstehen würde. Diese letzte Nacht, die sie noch miteinander verbringen konnten, hätte alles nur schlimmer und schmerzlicher gemacht. Vivian haßte solche Abschiede.

Da es zu Ende war – ob heute oder morgen, spielte keine Rolle dabei –, war es besser, einen kurzen, scharfen Schnitt zu vollziehen.

Mit ihrem Hutkoffer verließ Vivian das Schlafzimmer und stellte ihn in die Diele zu ihren übrigen Sachen. In diesem Moment klingelte jemand an der Eingangstür der Suite.

Vivian öffnete und sah Philip Stuckey draußen stehen. Er gewahrte die Abwehr in ihrem Gesicht und hob die Hand.

»Tja, die Welt ist klein«, meinte er lachend. »Tja ... Ich möchte eigentlich zu Edward.«

Vivian hatte die Tür nur so weit geöffnet, daß sie hinausschauen konnte, und sie machte auch jetzt keine Anstalten, sie weiter aufzuziehen. »Er ist nicht da. Ich dachte, er ist bei Ihnen im Büro«, erwiderte sie abweisend.

Stuckey schüttelte immer noch lachend den Kopf. »Nein. Eins weiß ich ganz genau: Bei mir ist er nicht.« Dann drückte er einfach die Tür auf, um einzutreten. »Nein, Edward ist leider nicht bei mir«, wiederholte er und stellte seinen Aktenkoffer in der Diele ab. »Glaub mir, das waren schöne Zeiten, als wir beide immer zusammen waren. Damals hätte er ein Milliarden-Dollar-Geschäft nicht einfach sausen lassen. Das hätte er nicht.«

Während er sprach, hatte er seine Krawatte gelokkert. Er ging zur Bar, während Vivian in den Livingroom zurückkehrte und unentschlossen bei dem niedrigen Glastisch stehenblieb. Ihr war unbehaglich zumute. Stuckey wirkte irgendwie gefährlich, und sie überlegte, ob er wohl angetrunken war. Auf jeden Fall war er sehr wütend, trotz seines Lachens.

»Schade, daß er jetzt nicht mehr auf mich hört, sondern auf dich. Wirklich schade«, fuhr er mit einem Blick auf Vivian fort. Er nahm eine Flasche aus dem Barschrank und goß sich einen Drink ein. »Auch was trinken?« erkundigte er sich bei Vivian, doch sie winkte ab.

»Nein. Nein, danke.« Sie ging zur Couch und setzte sich mit untergeschlagenen Beinen, während Stuckey auf einem Barhocker Platz nahm.

»Auch gut. Dann warte ich hier auf ihn.«

»Edward wird gleich zu Hause sein. Er muß jede Minute kommen«, beteuerte sie, weil ihr seine Blicke nicht gefielen. Er betatschte sie förmlich mit den Augen.

Um irgend etwas zu tun zu haben, zog Vivian einen Notizblock heran, der auf dem Tisch lag, und griff nach einem Kugelschreiber.

Stuckey rutschte vom Barhocker und kam mit seinem Glas in der Hand zu ihr. »Zu Hause?« wiederholte er grinsend. »Der Begriff scheint mir hier nicht angebracht zu sein. Das ist nur ein Hotelzimmer und kein Zuhause.« Er stellte sein Glas auf dem Tisch ab, während Vivian sich gerade hinsetzte und die Füße nebeneinander auf den Boden stellte. Dabei schrieb sie eifrig etwas auf den Notizblock. »Und du bist auch nicht die kleine Hausfrau ...«, fügte Stuckey hinzu, während sein Grinsen etwas Perfides bekam.

Sie wich ein Stück zur Seite, als er sich zu ihr setzte, und schrieb weiter. Stuckey betrachtete sie mit glitzernden Augen. »Sondern eine Nutte!« Er lachte wieder, und diesmal klang es ausgesprochen gemein. »Vielleicht bist du sogar eine ganz großartige Nutte. Kann sein.«

Vivian schob den Block von sich. Sie versuchte Haltung zu bewahren und sich ihre Angst nicht anmerken zu lassen, sondern kühle Feindseligkeit in ihren Blick zu legen.

Stuckey musterte sie mit schmalen Augen. »Und wenn ich dich jetzt vernasche, ist das vielleicht eine kleine Entschädigung für die Millionen, die mir heute durch die Lappen gegangen sind.«

Vivian hätte fast durch die Zähne gepfiffen. Hatte Edward Morse Industries nun doch nicht gekauft? Es hörte sich ganz so an, und es wäre eine Erklärung für Stuckeys Wut.

Er rückte näher. »Ich will ganz ehrlich sein, Süße, dieser Verlust ist ein harter Schlag. Ein sehr harter Schlag. Ich leide. Und außerdem fange ich an, mich ein bißchen darüber zu ärgern. Ein bißchen. Ich könnte ausrasten, durchdrehen, was Irres anstellen.« Er legte eine Hand auf Vivians Knie und tastete sich höher. »Und wenn ich nun auch mit dir schlafe? Und danach mit dir in die Oper gehe, dann werde ich vielleicht ...«

»Scheiße!« Vivian versuchte, seine Hand wegzustoßen und ihn von sich zu schieben, doch er ließ sich nicht abschütteln. »Loslassen!« keuchte sie, als er sie an sich riß. »Du Schwein, nimm die Pfoten weg.«

Sie kämpfte mit ihm, und als er nach ihrer Brust griff, biß sie blitzschnell zu.

»Au!« Philip riß seine Hand hoch und betrachtete sie ungläubig. Dann sah er wieder Vivian an. Mörderische Wut lag auf einmal in seinem Blick, gemischt mit Gier. Er holte aus und schlug Vivian ins Gesicht.

Sie schrie auf, doch er schlug immer weiter. Schreiend versuchte sie ihn abzuwehren, aber er war stärker und warf sich auf sie. Zusammen rollten sie von der Couch auf den Boden.

»Na los, du! Hab dich nicht so!« keuchte Stuckey und drängte sein Knie zwischen ihre Schenkel, während er weiterhin auf sie einschlug.

Vivian wehrte sich wie eine Rasende, schluchzte und schrie. »Nein, nein, nein ... Geh weg! Laß mich los.«

Sie spürte, wie er ihr das Shirt hochschob und ihre Brüste knetete. »Ich bezahl' dich auch. Wieviel willst du? Zwanzig Dollar? Dreißig? Fünfzig?«

»Laß mich los!« schrie Vivian wieder und versuchte, sich unter ihm hervorzuwinden. »Laß mich los ...«

Über sich sah sie sein verzerrtes Gesicht. »Du bist 'ne Fünfzig-Dollar-Nutte, ja? Na los, komm schon!«

In diesem Augenblick wurde er zurückgerissen. Es war Edward, der schon auf dem Hotelkorridor Vivians Schreien gehört hatte und in das Penthouse gestürzt war.

»Bist du wahnsinnig geworden, Phil!« rief er und zerrte Stuckey auf die Beine.

Vivian richtete sich hoch und kauerte sich zitternd und weinend auf den Teppich. Als Edward sah, wie

Stuckey sie zugerichtet hatte, überkam ihn eine solche Wut, daß er Mühe hatte, nicht die Kontrolle über sich zu verlieren. Er schüttelte Stuckey, als wäre er ein Bündel Lumpen, und zerrte ihn zur Tür.

»Laß mich los!« brüllte Philip, aber Edward reagierte nicht.

»Du mieser kleiner Betrüger!« preßte er zwischen den Zähnen hervor, während Stuckey seinem Griff zu entkommen versuchte und immer wieder rief:

»Laß mich los! Laß mich los, verdammt noch mal!«

»Ich will mir nicht an dir die Hände schmutzig machen!« keuchte Edward, während er ihn in die Diele trieb. Dort ließ er ihn abrupt los, so daß Stuckey stolperte und fast gestürzt wäre. »Raus hier!« brüllte Edward. »Verschwinde endlich!«

Philips Augen waren blutunterlaufen. »Hör zu. Das ist 'ne Nutte! 'ne dreckige kleine Nutte ...«

Weiter kam er nicht, denn Edwards Faust landete krachend in seinem Gesicht. Der Schlag war so wuchtig, daß Stuckey hinfiel. Ein paar Sekunden lang war er nicht fähig aufzustehen. Der Schmerz machte ihn halb bewußtlos.

»Verdammter Mist!« würgte er hervor. »Du hast mir die Nase gebrochen.«

Vivian hatte sich indessen, immer noch zitternd, an der Couch hochgezogen und sich gesetzt. Mit entsetzten Augen beobachtete sie, wie Edward Stuckey am Kragen hochriß. »Raus!« schrie er dabei. »Raus! Raus! Raus!«

»Meine Nase ist gebrochen ...« Stuckeys wütendes Geschrei ging in ein langgezogenes Jammern über. »Du spinnst. Ich hab zehn Jahre investiert. Ich hab zehn Jahre getan, was du wolltest ...«

Schweratmend ließ Edward von ihm ab. Seine Fingerknöchel schmerzten, und er schlenkerte ein paarmal seine Hand. Dann schnappte er Stuckeys Aktenkoffer, während Philip sich schwankend an einem Tischchen abstützte und sich in dem darüber hängenden Spiegel betrachtete.

»Das ist Blödsinn. Mich wickelst du damit nicht ein!« Edward öffnete die Tür des Penthouses und warf Phils Aktenkoffer nach draußen. »Dir hat's doch Spaß gemacht, andere fertigzumachen. Du bist durch mich reich geworden, weil ich genau das getan habe, was du wolltest.« Er deutete mit ausgestrecktem Arm zur Tür. »Und nun geh endlich!«

Stuckey starrte ihn an. »Aber ich ...«, setzte er weinerlich an, doch Edward brüllte:

»Nein! Raus hier!«

Da wandte Philip Stuckey sich ab und verließ, noch immer auf schwankenden Beinen, das Penthouse. Edward warf die Tür so heftig hinter ihm ins Schloß, daß die Scheiben klirrten.

Er kehrte in den Wohnraum zurück. Als er Vivians zerschlagenes, verschwollenes Gesicht betrachtete, bereute er fast, daß er Stuckey nicht noch übler zugerichtet hatte. Er lief eilig ins Bad, holte ein Leinenhandtuch und gab aus dem Eisfach der Bar Eiswürfel hinein. Dann wickelte er das Tuch zusammen und begann sehr behutsam, Vivians Verletzungen damit zu kühlen.

Ihre Tränen waren versiegt, aber sie sog ein paarmal zischend die Luft ein, als Edward den provisorischen Eisbeutel auf die Schwellung an ihrer Wange preßte.

»Woher wißt ihr Kerle immer so genau, wie man einer Frau ins Gesicht schlägt? Whom ... Eine Sekunde lang dachte ich, der ganze Kopf fliegt mir weg. Wie läuft das? Nimmt man euch auf der High School beiseite und zeigt euch, wie das geht? Ist das ...« Sie verzog das Gesicht. »Aua ...«

»Ich hasse Männer, die eine Frau schlagen«, sagte Edward.

Sie blickte zu ihm hoch und versuchte ein mattes Lächeln. »Ich hab gehört, was du mit Morse gemacht hast.«

Er blieb über sie gebeugt und kühlte weiterhin ihre Wange. »Eine rein geschäftliche Entscheidung«, erwiderte er abweisend, weil er sich plötzlich genierte. Noch vor ein paar Tagen hatte er schließlich verkündet, daß man sich in Geschäften niemals von Sympathien beeinflussen lassen dürfte. Und nun hatte er genau das getan.

»Sehr gut«, sagte Vivian, und er nickte.

»Das finde ich auch.«

Er strich ihr über das Haar, und sie schob seine Hand mit dem Eisbeutel beiseite und richtete sich auf. »Es ist schon besser. Ich glaub', ich kann jetzt gehen.«

Er trat einen Schritt von der Couch zurück und bemühte sich, seine Worte nüchtern klingen zu lassen. »Ich hab schon gesehen, du hast gepackt. Wieso willst du mich verlassen?«

»Edward, es gibt doch immer so einen Kerl. Irgendein guter Freund von dir wird wieder versuchen, bei mir zu landen. Einer, der denkt, er darf alles. Was willst du dagegen tun? Willst du jeden Mann verprügeln?«

Er legte das Tuch mit den Eiswürfeln auf den Tisch. »Deswegen verläßt du mich nicht.«

Vivian stand auf und stöhnte unterdrückt. Ihr ganzer Körper tat weh von Stuckeys brutaler Behandlung. »Du ... du hast mir ein Angebot gemacht, das sehr reizvoll ist. Noch vor ein paar Monaten war das kein Problem. Aber jetzt hat sich mein Leben verändert. Du hast es verändert. Du kannst es nicht mehr rückgängig machen. Ich will mehr.«

Edward nickte ein paarmal. »Ich kenn' das Problem, mehr zu wollen. Man kann fast sagen, ich hab's erfunden.«

Ein vages Lächeln glitt über ihr Gesicht, und er fuhr fort: »Die Frage ist nur, wieviel mehr?«

»Mein Märchen soll wahr werden«, sagte sie fast trotzig.

Er wandte sich ab und blickte durch die große Fensterfront auf die Terrasse. »Komplizierte Bindungen ohne Zukunft ...«, murmelte er.

Vivian ging ins Schlafzimmer, um ihre Schuhe zu holen. Dann setzte sie sich ein wenig mühsam auf die Stufen zwischen der Diele und dem Wohnraum, um sie anzuziehen.

Edward beobachtete sie und lächelte bitter. »Ich hab ein besonderes Talent. Ich gerate immer in komplizierte Beziehungen ohne Zukunft.«

Als sie schwieg, holte er seine Brieftasche aus der Jacke und entnahm ihr dreitausend Dollar. Er setzte sich neben Vivian und hielt sie ihr hin. »Danke«, sagte er leise.

»Ich danke«, erwiderte sie gepreßt. Sekundenlang trafen sich ihre Blicke, dann nahm sie das Geld und steckte es in ihre Jackentasche.

Edward gab ihr seine Visitenkarte. »Falls du mal etwas brauchst – Zahnseide vielleicht oder was anderes –, ruf mich an, ja?«

Sie lächelte flüchtig. Dann wurde sie wieder ernst und strich mit der Hand über seine Schulter. »Ich ... ich hatte viel Spaß«, sagte sie stockend, und er preßte einen Moment ihre Finger.

»Ich auch ...«

Vivian stand hastig auf, um ihre Tasche vom Stuhl zu nehmen. Sie blinzelte, um die aufsteigenden Tränen zu unterdrücken.

Edward kam ihr in die Diele nach und blickte auf ihre Sachen. »Soll ich nicht einen Hotelpagen rufen?« fragte er, aber Vivian schüttelte den Kopf.

»Nein, das geht schon.«

Er griff nach der großen Hutschachtel. »Das nehm' ich.« Er wollte die Tür öffnen, drückte sie aber im nächsten Moment, von jäher Verzweiflung erfaßt, wieder zu. »Bleib«, bat er. »Geh nicht. Laß mich heut' nacht nicht allein.«

Als sie ihn anblickte, sah er, daß sie weinte. »Nicht weil ich dich dafür bezahle«, setzte er fast flehend hinzu, »sondern weil du es willst.«

Einen Moment zögerte sie, doch dann nahm sie ihm mit einer endgültig wirkenden Geste die Hutschachtel ab. »Ich kann nicht.«

»Wie du willst«, sagte er tonlos und öffnete die Tür für sie. Draußen auf dem Korridor blieb Vivian noch einmal stehen und blickte zu ihm zurück. »Du hast sehr viele besondere Talente, Edward.« Ihre Augen schwammen in Tränen, aber sie lächelte.

Er sah ihr nach, wie sie davonging, und schloß dann hastig die Tür, weil er es nicht mehr ertrug.

Vivian fuhr mit dem Lift nach unten. Sie wollte sich noch von Mr. Thompson verabschieden.

Er stand mit einem Pagen in der Lobby, wo ein großer Fleck im Marmorboden prangte.

»Ich bin nicht schuld, Sir«, verteidigte sich der junge Mann, und Mr. Thompson schüttelte nachsichtig den Kopf.

»Das hab ich auch nicht gesagt. Rufen Sie den Wartungsdienst an, der soll das erledigen. Sie müssen die Aufgaben delegieren.«

Er drehte sich um, als er Vivians Schritte hinter sich hörte. »Hallo, Barney«, sagte sie mit einem mühsamen Lächeln.

Thompson betrachtete sie mit leichter Unruhe. »Miss Vivian ...«

Sie blickte auf den Pagen, und Thompson nickte dem jungen Mann zu. »Das ist alles.«

Vivian wartete, bis er fort war, und setzte einen Teil ihres Gepäcks ab. »Ich wollte mich von Ihnen verabschieden.«

»Dann ... dann begleiten Sie also Mister Lewis nicht nach New York?« Mr. Thompsons Enttäuschung war nicht zu übersehen.

»Ich bitte Sie, Barney. Wir beide leben doch in der Wirklichkeit. Meistens jedenfalls.«

Er nickte bedächtig, und zu seiner Enttäuschung gesellte sich Bewunderung. Sie war wirklich eine großartige Person, diese Miss Vivian. Sie hatte Verstand und Haltung. Schade, daß ...

»Welcher Wagen bringt Sie nach Hause?« erkundigte er sich, weil ihm plötzlich ein ganz bestimmter Gedanke durch den Kopf schoß.

»Ich ruf' mir ein Taxi«, antwortete Vivian.

»Das kommt nicht in Frage«, entschied er und winkte Darryl, der in einiger Entfernung, auf Abruf bereit, wartete.

Der Schwarze trat näher. »Ja, Sir?«

»Bitte, fahren Sie Miss Vivian, wohin sie will«, trug der Hotelmanager ihm auf und fügte nachdrücklich hinzu: »Ganz egal, wohin.«

»Ja, Sir.« Der Fahrer wartete, während Vivian mit einem leisen »Danke« Mr. Thompson die Hand reichte. Er beugte sich darüber, um ihr einen formvollendeten Handkuß zu geben. Dann lächelte er ihr mit offener Zuneigung zu.

»Ich freue mich, Sie kennengelernt zu haben. Kommen Sie bitte wieder, und besuchen Sie uns.«

Vivian erwiderte sein Lächeln und schlug ihm leicht auf die Schulter. »Nicht unterkriegen lassen!«

Wenig später saß sie im Fond der silberfarbenen Limousine. Als Darryl anfuhr, wandte sie den Kopf und blickte auf die prächtige Fassade des Regent Beverly Wilshire Hotels zurück, bis die unzähligen Fenster, die Markisen über dem breiten Portal und die Palmen und Blumen neben der Treppe vor ihren Augen verschwammen.

Darryl fuhr über den Rodeo Drive, ehe er den Wagen über die Melrose und die Fairfax Avenue in Richtung Hollywood Boulevard lenkte, dorthin, wo er am schäbigsten war.

Vivian saß da und hatte die Hände im Schoß gefaltet. Nicht unterkriegen lassen, dachte sie, nicht unterkriegen lassen. Immer wieder, wie eine Litanei.

13

Es war längst Nacht geworden, aber in Edwards Penthouse brannte noch Licht. Er selbst saß in seinem Sessel neben der Terrassentür und grübelte.

Das Penthouse war sehr still ohne Vivian. Edward hatte nicht geglaubt, daß sie gehen würde. Sie liebte ihn doch. Sie hatte es ihm gesagt, und deshalb war er ziemlich sicher gewesen, daß sie zu guter Letzt doch darauf eingehen würde, was er ihr angeboten hatte. Aber sie hatte ihn verlassen, weil sie alles wollte – oder nichts.

Eigensinnige, dumme Vivian! Oder mußte es heißen: eigensinniger, dummer Edward? Er preßte die Lippen zusammen. Verdammt, nein, er war nun einmal kein Ritter, der mit Schwert und flatternder Fahne eine Prinzessin aus ihrem Turm befreite. Schließlich hatte er Höhenangst.

Edward starrte auf die Terrassenbrüstung. Dort hatte Vivian gestanden und ihm von ihrem Kindertraum erzählt. Aber er hatte ihr keinen Traum schenken wollen, sondern Geld. Eine schicke Wohnung, ein Auto, eine Kreditkarte. Einen anderen, luxuriöseren Turm als den, in dem sie bisher gefangen gewesen war. Sie hatte das ganz richtig erkannt.

Nur nichts wagen! Nur nicht über seinen Schatten springen!

Heute mittag, als er mit Jim Morse verhandelt hatte, war Edward über seinen Schatten gesprungen. Da hatte er gewagt, sich selbst einen Kindheitstraum zu erfüllen. Etwas bauen. Nicht immer nur zerstören. Und hinterher war er barfuß über eine Wiese gelaufen wie ein Junge, der die Schule schwänzte, und er hatte sich wundervoll dabei gefühlt.

Auch etwas, das er im Grunde Vivian verdankte ...

Edward stand auf. Ein paar Sekunden starrte er auf die Brüstung und nahm seinen ganzen Mut zusammen, um darauf zuzugehen. Er schaffte auch ein paar Schritte, doch dann blieb er wieder stehen und spürte, wie ihm der Schweiß ausbrach. Nein, er konnte es nicht. Er konnte es einfach nicht.

Hastig kehrte er in den Wohnraum zurück.

Es war schon spät. Er mußte schlafen gehen. Morgen früh flog er nach New York zurück. Er würde sein altes Leben wieder aufnehmen und Vivian vergessen. Das dumme war nur: Er wollte sie gar nicht vergessen. Er wollte sich an jede Stunde mit ihr erinnern, an ihre Wärme und ihr Lachen. Natürlich würde er es schaffen, ohne sie zu leben. Aber es würde so verdammt wenig Spaß machen.

Edward schlief miserabel in dieser Nacht. Als es hell wurde, stand er auf und packte seine Sachen. Dann ließ er einen Pagen kommen, um das Gepäck hinunter bringen zu lassen.

Von den Bergen war ein Gewitter aufgezogen. Blitze zuckten über den Himmel, begleitet von krachenden Donnerschlägen.

Edward nahm das Schmucketui an sich, in dem das Kollier aus Rubinen und Brillanten lag, das er für Vivian ausgeliehen hatte, als sie nach San Francisco in die Oper geflogen waren.

Der Samtbezug der flachen Schachtel fühlte sich weich unter seinen Fingern an, und Edward schloß für einen Moment die Augen, als er sich erinnerte, wie er Vivian den kostbaren Schmuck umgelegt hatte.

Ein neuer krachender Donnerschlag ließ ihn auf die Terrasse treten. Und plötzlich wagte er es.

Mit ein paar schnellen Schritten war Edward an der Brüstung, blieb dort stehen und blickte in den Himmel hinauf. Die Schachtel mit dem Schmuck hielt er immer noch in den Händen.

Der Hotelpage tauchte mit zwei Taschen hinter Edward in der Tür auf. »Haben Sie noch einen Wunsch?« fragte er höflich und wandte sich zum Gehen, als Edward verneinte. »Ich warte unten auf Sie, Sir.«

»Ja, danke«, murmelte Edward. Er stand immer noch an der Brüstung. Vivian hatte recht gehabt. Man konnte von hier aus tatsächlich das Meer sehen ...

Mr. Thompson stand hinter der Rezeption, als Edward zehn Minunten später hinunterkam und auf ihn zuging. Seine Rechnung war bereits ausgestellt worden, und Edward zeichnete sie ab. Dann blickte er Mr. Thompson an.

»Haben Sie vielleicht eine Nachricht für mich?« fragte er hoffnungsvoll, und der Manager wußte genau, welche Nachricht das sein sollte. Mit aufrichtiger Betrübnis schüttelte er den Kopf.

»Nein, bedauerlicherweise nicht, Sir.«

Edward nickte und blickte auf die Rechnung vor sich auf der Theke. »Ich muß zum Flughafen.«

»Selbstverständlich. Darryl steht Ihnen wie immer zur Verfügung.« Der Chauffeur, der bereits gewartet hatte, kam näher. »Bitte, den Wagen zum Haupteingang«, trug Mr. Thompson ihm auf, und Darryl ging hinaus.

Edward gab Mr. Thompson die Rechnung zurück. »Ach, da ist noch etwas.« Er zog die blaue Samtschatulle aus der Tasche und legte sie auf die Theke. »Bitte, seien Sie so freundlich und lassen Sie dieses Kästchen zu ›Fred‹ bringen.«

»Ja, natürlich.« Mr. Thompson nahm sie entgegen und blickte darauf hinunter. Er ahnte, was darin war, denn er erinnerte sich genau, wie Vivian an dem Abend, als sie mit Edward Lewis zum Flughafen gefahren war, ausgesehen und was sie getragen hatte.

»Wenn Sie gestatten, Sir?« fragte der Manager.

Edward begriff nicht sofort, was er wollte, dann nickte er bereitwillig. »Ja, selbstverständlich.«

Mr. Thompson klappte den Schmuckkasten auf und betrachtete das darin auf weißer Seide liegende Kollier und die Ohrringe. Er sah, daß auch Edward darauf hinunterblickte, und sein selbstvergessener, unglücklicher Gesichtsausdruck ermutigte Mr. Thompson zu seinen nächsten Worten.

»Es ist bestimmt nicht leicht, etwas so Wertvolles aufzugeben.«

Edward hob den Kopf, und Mr. Thompson schloß den Kasten wieder. »Vielleicht interessiert es Sie zu hören, daß Darryl die junge Dame gestern nach Hause gebracht hat.« Er blickte Edward forschend an, bevor er den Schmuckkasten an sich nahm. »Ich schicke es wieder zurück.«

Edward lächelte plötzlich. »Vielen Dank, Mister Thompson.«

Darryl hatte den Wagen vorgefahren. Der Page lud Edwards Gepäck in den Kofferraum, und Edward setzte sich in den Fond.

Das Gewitter war zum Meer weitergezogen, und Darryl meinte, während er anfuhr: »Der Regen läßt nach, Mister Lewis. Die Maschine kann ohne Verspätung starten. Sie kommen pünktlich in New York an, Sir.«

Nein, dachte Edward. Ein paar Stunden Verspätung werden wir schon haben. Dann beugte er sich nach vorn, um Darryl zu erklären, was er vorhatte.

Vivian hatte ebenfalls eine ziemlich schlaflose Nacht hinter sich. Sie hatte mit Kit viele Stunden geredet, und als es hell wurde, war sie aufgestanden, um ihre Sachen zu packen.

Das Geld von Edward ermöglichte es ihr, Hollywood zu verlassen und irgendwoanders neu anzufangen. Vivian hatte vor, nach San Francisco zu gehen. Sie hatte es Edward gesagt: Er hatte sie verändert, und das ließ sich nicht mehr rückgängig machen.

Es regnete immer noch, als Vivian ihre Habseligkeiten teilweise in Koffern und Taschen verstaut hatte. Kit, die ihr dabei geholfen hatte, alles zusammenzusuchen, hatte ein Foto entdeckt, einen Schnappschuß, der sie und Vivian zeigte, wie sie auf dem Hollywood Boulevard in ihrer Nuttenaufmachung vor einem Imbißstand posierten. Vivian trug darauf ihre blonde Ponyperücke, und Kit kicherte.

»Wir sehen da vielleicht kaputt aus.« Sie wandte sich vom Fenster ab und nahm ihren Teddybären und ein Bastdeckchen hoch.

Vivian erschien in der Tür zu der winzigen Küche, und Kit warf ihr einen abschätzigen Blick zu. »San Francisco ist eigentlich auch nicht so toll. Es ist kalt, es ist neblig, und man weiß nie, was kommt.« Sie legte das Bastdeckchen auf einen Stapel von Vivians Kleidern.

»Dann zieh' ich mir eben einen Pulli an«, sagte Vivian kurz angebunden und blickte sich suchend um, ob sie noch irgend etwas vergessen hatte. Sie nahm ihren Fön und steckte ihn in eine bereits halb gepackte Tasche.

Kit setzte sich auf einen Stuhl am Tisch. »Was hast du denn für Pläne?«

»Ich such' mir 'n Job, und ich mach' die Schule zu Ende«, erwiderte Vivian, während sie die Kleider mit dem Bastdeckchen hochnahm und zu einem Koffer trug. »Ich weiß, daß ich's schaffe. Das kann doch nicht so schwer sein. Früher hatte ich doch auch ganz gute Noten.«

»Ist möglich. Ist alles möglich«, behauptete Kit trübsinnig und drückte ihren Teddy an die Brust, den sie nachts sogar ins Bett mitnahm. Dann blickte sie wieder auf das Foto von sich und Vivian und seufzte.

Vivian richtete sich auf. »Willst du nicht doch mitkommen?« fragte sie herzlich, aber Kit winkte vehement ab.

Sie machte eine Armbewegung, die das ganze schäbige Apartment einschloß. »Und das alles hier verlassen? Nicht für zehn Millionen.« Sie lachte, aber es klang unecht.

Vivian zögerte einen Moment. »Komm her«, bat sie dann sanft.

Kit setzte gehorsam den Teddy in ihren Stuhl und ging auf Vivian zu. Die zog ein Bündel Dollarscheine aus ihrem Blazer und steckte es in Kits Jackentasche.

Kits hübsches Gesicht leuchtete auf. »Wow! Wow, was ist denn das?«

»Das ist ... ein Stipendium von der Edward-Lewis-Stiftung für Fortbildung. Wir sind der Ansicht, Sie haben die besten Voraussetzungen, Kit de Luca.«

»Ist das wahr?« fragte Kit atemlos. »Du hältst mich für so begabt?«

»Mehr als das«, bestätigte Vivian. Ihre Stimme brach, und sie kämpfte mit den Tränen. »Und laß dir von keinem etwas anderes einreden, okay?«

»Okay«, sagte Kit schniefend.

Vivian ging zu einer Tasche und nahm die Schirmmütze heraus, die sie so oft getragen hatte – auch an jenem Abend vor einer Woche, als sie in Edward Lewis' Auto gestiegen war. Sie setzte sie Kit auf die dunklen Locken. »Und sei vorsichtig«, bat Vivian weinend.

Erschrocken nahm Kit die Mütze ab. »O nein, das kann ich nicht. Das ist dein Lieblingshut.« Sie drückte Vivian die Kappe wieder in die Hand und rannte zu ihrem Teddy. »Wann geht dein Bus?« fragte sie mit abgewandtem Gesicht.

Vivian hielt die Kappe einen Moment unschlüssig in der Hand, dann packte sie sie wieder ein. »In einer Stunde.«

Kit zog geräuschvoll die Nase hoch. »Besser, ich verschwinde jetzt. Abschiednehmen macht mich ganz krank.« Sie umarmte Vivian. »Also tschüs.«

Die drückte sie einen Moment fest an sich. »O Kit ...« Dann riß sich die Freundin los und stürmte hinaus.

Vivian wischte sich mit dem Handrücken über die Augen. Sie blickte zum Fenster und sah, daß das Gewitter vorüber war. Der Regen hatte aufgehört, und die Sonne kam wieder hervor.

Kit rannte unterdessen um die Ecke zum Hollywood Boulevard und bestellte sich an dem Imbißstand, der auch auf dem Foto von ihr und Vivian zu sehen war, ein Sodawasser.

Ihre Kollegin Angel war ebenfalls da. Kit hatte ihr schon gestern angeboten, nach Vivians Abreise in ihr Apartment einzuziehen.

»Allerdings muß ich dir leider 'ne höhere Miete abknöpfen als Vivian«, rückte sie jetzt heraus. »Ich mach' 'n Kosmetikkurs, und der kostet 'ne ganze Menge Kohle. Wahrscheinlich bin ich auch nicht oft zu Hause. Ist doch so. Man kann doch nicht sein ganzes Leben lang anschaffen. Man braucht doch 'n richtiges Ziel. Hast du 'n Ziel?«

Angel nickte eifrig. »Ja, ich wollte zum Eisballett. Hat aber nicht geklappt.«

»Na, großartig«, sagte Kit voller Galgenhumor. »Bringst du viel Klamotten mit, wenn du bei mir einziehst?«

»Nein. Carlos hat meinen ganzen Krempel verbrannt, als ich ihm sagte, daß ich bei ihm ausziehe.«

Während sich die beiden unterhielten, hatte die silberne Limousine vom Regent Beverly Wilshire Hotel am Straßenrand gehalten, und Edward war ausgestiegen. Neben dem Imbißstand hatte sich eine Blumenverkäuferin postiert. Edward steuerte auf sie zu und ließ sich einen Strauß geben. Er zahlte, bedankte sich und kehrte wieder zum Wagen zurück.

Darryl fuhr an und bog an der nächsten Ecke rechts zu Vivians Hotel ein. Das Schiebedach des Wagens war geöffnet. Edward stand auf dem Rücksitz und hielt seinen Blumenstrauß und einen Regenschirm nach oben. Gleichzeitig stellte Darryl das Autoradio an. Er hatte eine Kassette mit Arien aus ›La Traviata‹ eingelegt.

Ein Schwarm Tauben flatterte erschrocken auf, als Darryl anhaltend auf die Hupe drückte und das Autoradio gleichzeitig auf volle Lautstärke drehte. Die große Arie der Violetta erklang.

Vivian hörte das Hupen und die Musik oben in ihrem Apartment. Einen Moment lang glaubte sie ihren Ohren nicht zu trauen, dann erfaßte sie eine jähe, verrückte Hoffnung. Sie rannte zum Fenster und riß es auf.

Unten sah sie den Wagen vor dem Hoteleingang halten und erkannte Edward, der auf dem Rücksitz stand und mit Kopf und Schultern über das Schiebedach hinausragte. »Vivian!« schrie er winkend. »Vivian!«

Sie beugte sich weit aus dem Fenster und brach in ein befreites, glückliches Lachen aus. Er war da. Er war gekommen. O Edward, Edward ...

Sie sah, wie er den Blumenstrauß und seinen Regenschirm hob und wild damit herumfuchtelte, als sei es ein Schwert, während noch immer Musik und jubelnder Gesang unvermindert laut aus dem Autoradio zu Vivian hinaufschallten und die Szene wirkungsvoll untermalten.

»Prinzessin Vivian, komm herunter!« rief Edward, so laut er konnte, während er auf das Dach der Limousine kletterte. Sie lachte noch mehr und rannte zu dem zweiten Fenster des Apartments, an dem die Feuerleiter vorbeiführte.

Als sie dort hinausschaute, war Edward gerade vom Wagendach auf die Straße gesprungen. Darryl war ausgestiegen und beobachtete die Ereignisse mit einem breiten Lächeln.

Vivian schwang sich über das Fensterbrett und ließ sich auf die Plattform der Feuerleiter hinunter. Sie beugte sich über das Eisengeländer und winkte Edward.

»Wieso muß es das oberste Stockwerk sein?« rief er zu ihr hinauf, und sie rief lachend zurück:

»Es ist das beste!«

»Na schön, dann komm' ich hoch!« erklärte er und hakte die Schirmkrücke in die unterste Leitersprosse, um die Leiter herunterzuziehen. Er nahm den Blumenstrauß zwischen die Zähne und begann hinaufzusteigen.

Vivian war ganz atemlos vor Glück. Lachend zog sie die Klemmen aus ihrem Haar, mit denen sie es zurückgesteckt hatte, schüttelte es aus und ließ es lang auf die Schultern fallen, wie es sich für eine Märchenprinzessin gehörte, die auf ihren Prinzen wartete. Dann beugte sie sich noch tiefer über das Geländer, um sich nur ja keine Einzelheit entgehen zu lassen, wenn besagter Prinz mit Regenschirm und Blumenstrauß zu ihr heraufkletterte.

Edward hatte die erste Plattform der Feuerleiter erreicht. Mit vorsichtigen, kurzen Schritten tastete er sich an der Hausmauer entlang, um die nächsten Sprossen greifen zu können.

Als er dabei einmal einen Blick nach unten warf, überkam ihn die alte Angst. Er sah Darryl neben dem Wagen stehen, und am liebsten wäre Edward wieder hinuntergestiegen.

Aber dann überwand er sich. Vivian sollte ihren Kindheitstraum erfüllt haben – in jeder Beziehung! Er erreichte den nächsten Leiterabschnitt und stieg nach oben, während Vivian das Warten nicht mehr aushielt und beschlossen hatte, Edward entgegenzugehen.

Als er nur noch ein kurzes Stück von ihr entfernt war, streckte er die Arme nach ihr aus, und er sah so glücklich aus wie niemals zuvor.

Eilig stieg Vivian die letzten Sprossen hinunter, die sie noch von ihm trennten, während er ihr genauso rasch entgegenstrebte. Als sie voreinander standen, nahm Edward den lädierten Blumenstrauß aus dem Mund und hielt ihn ihr hin.

»Und was passiert, nachdem der Prinz die Prinzessin aus dem Turm gerettet hat?« fragte er leise.

Vivians Augen waren voller Liebe. Sie war jetzt ganz ernst. »Die Prinzessin rettet daraufhin sein Leben«, sagte sie, und Edward zog sie an sich und küßte sie.

Sie standen da zwischen Himmel und Erde, hörten noch immer die Musik von unten heraufdringen – und hörten sie doch nicht, weil sie zum ersten Mal erlebten, wie es ist, wenn man ganz allein auf der Welt zu sein meint, zwei Menschen, die sich lieben.

Sie küßten sich, und Edward streichelte Vivians Haar und ihre Schultern. Er wußte, daß sie die Wahrheit gesagt hatte. Sie rettete sein Leben, indem sie Freude und Wärme und Liebe hineinbrachte.

Unten auf der Straße blickten Passanten zu ihnen hoch. Es waren viele Touristen dabei, bewaffnet mit Kameras und Reiseführern. Und der junge Schwarze mit der runden Strickmütze, von dem niemand wußte, wie er hieß, und der zu jenem Teil des Hollywood Boulevards gehörte wie die Sterne im Straßenpflaster mit den Namen der berühmten Stars, tauchte von irgendwoher auf und begrüßte die Ankömmlinge auf seine übliche Weise.

»Willkommen in Hollywood!« rief er. »Wovon träumt ihr? Irgendwann kommt jeder mal hierher. Das ist Hollywood, das Land der Träume. Manche Träume erfüllen sich – und andere nicht!«

Er lachte und ging zwischen den Touristen hindurch. »Aber hört nicht auf zu träumen! Das ist Hollywood, das Land der Träume. Also hört ja nicht auf zu träumen!«

Er überquerte die Straße, winkte den Leuten mit beiden Armen noch einmal zu und verschwand hinter einer großen Mauer.